JN077975

木宮条太郎

水族館ガール8

実業之日本社

実業之日本社文庫

contents

主な登場人物・イルカ&用語集

嶋由香……アクアパーク・イルカ課担当。運営母体の千葉湾岸市から出向し、一年後、同館に転籍。
梶良平……アクアパーク所属。由香の先輩。館長直属にて、海遊ミュージアムとの姉妹館プロジェクトに従事。水族館の運営基準作りプロジェクトにも携わる。
兵藤（ヒョロ）……アクアパーク・イルカ担当。高校を中退してアクアパークに入館。
岩田……アクアパーク・海獣グループ統括チーフ。
磯川……アクアパークの嘱託獣医。同館の元職員。
吉崎（姉さん）……アクアパーク・マゼランペンギン担当。
倉野……アクアパーク管理部課長。魚類展示グループ課長を兼務。
今田修太……アクアパーク・魚類展示グループ担当。
内海……アクアパーク館長。
ニッコリー（X0）……アクアパーク生まれの子イルカ。オス。
ルン（F3）……アクアパークのバンドウイルカ。メス。
勘太郎（B2）……アクアパークのバンドウイルカ。オス。
赤ちゃん（X1）……アクアパーク生まれの子イルカ。メス。母親はルン。夏の終盤にて生後三ヶ月。
幣（ヘイ）……海遊ミュージアム嘱託。アクアパーク岩田の元同僚にして先輩。
マイヤー博士……海洋学の世界的権威。岩田とは旧知の仲。
沖田……沖縄理科大学教授。海獣類の認識能力等を研究。
黒岩……映像企画制作会社『黒岩企画』の代表。沖田の親友。
水族……水棲生物のこと。
海獣……海にすむ哺乳類等のこと。イルカやアシカなど。
給餌……飼育水族に餌を与えること。
アクアパーク……千葉湾岸地区にある中規模水族館。千葉湾岸市とウェストアクアの官民共同運営に移行。ウェストアクアを通じ、海遊ミュージアムとは姉妹館となる。
海遊ミュージアム……従前の呼称は関西水族館。日本有数の規模と歴史を誇る名門。アクアパークに先立ち、自治体とウェストアクアの官民共同運営に移行。
ウェストアクア……水族館部門を有する中堅設備会社。海遊ミュージアム及びアクアパークの運営に参画。

前巻までのあらすじ

嶋由香は元千葉湾岸市職員。アクアパークへの出向を機に転籍。以来、多くの水族に接してきた。イルカ、ラッコ、ペンギン、マンボウ、ウミガメ、アシカ——葛藤と試練が続く。そのたびに、由香は思い悩んで試行錯誤。その傍らには先輩である梶良平がいた。二人は次第に互いへの思いを深めていく。

今春、由香はイルカの出産と人工哺育を経験。これを機に、二人は結びつきを強めた。そして、夏の夜、海洋プールの浮き栈橋で結婚を誓い合う。しかし、その喜びも束の間。二人は新たな難題に直面することになる。

水族館ガール8

プロローグ

本日は休日。だが、気合いは入っている。

由香《ゆか》は洗面台の前で両頰を叩いた。

これから先輩のアパートへと行き、打ち合わせをすることになっている。むろん、仕事の打ち合わせではない。結婚準備の打ち合わせ。ついに、この日がやってきた。

膝《ひざ》に手をつき、身をかがめる。鏡に顔を寄せてみた。

化粧は先輩の好みを考えて、少し薄めにしてある。が、手抜きはゼロ。服装は敢《あ》えて可愛らしめにした。身を右によじって、斜めからチェックする。オーケー。左によじってチェック。こちらもオーケー。

「こんな格好の時に、言われたかったな」

——結婚しよう。

先週、先輩にそう言われた。残念ながら、その時の服装はアクアパークの作業着。しかも、ほぼスッピンだった。今にして思えば、それが残念でならない。しかし。

身を戻して、息をつく。目をつむった。

周囲の状況は最高だった。満天の星空、海洋プールの浮き桟橋《さんばし》デッキ——そんな状況で言われたのだから。思い返せば、つい、うっとりとしてしまう。そう……あの時、先輩は、まず、プロポーズめいた言葉を口にした。自分は、そんな先輩を海へ……。

「突き落としたんだ」

我に返って、目を見開く。

由香は激しく頭をかいた。

あれはニッコリーが悪いのだ。嵐の夜、イルカのニッコリーは海洋プールからトンズラ。自分は心配で胸が張り裂けそうになり、猛烈な自己嫌悪に陥った。が、ニッコリーは何事も無かったかのように戻ってきて、能天気に夜食のアジを催促する。安堵《あんど》は一転、憤りへと変わった。頭に血が上《のぼ》ってしまったのだ。

そんな時に、先輩は言った——なんとなく、プロポーズっぽい言葉を。だが、曖昧《あいまい》すぎて、ただの慰めのようにも聞こえた。既に血が上っている頭は混乱。自分は「はっきりと言え」と言い、先輩の胸をついてしまった。先輩は大きく揺らぐ。そして、そのまま背中から海へ……。

「まさか、だよな」

かくして、自分はプロポーズしてくれた人を海へ突き落とすことに。

言い訳するつもりはない。けれど……同じ状況におかれれば、誰だって同じことをするのではないか。いや、きっと、するだろう。だから、自分は悪くない……って、おい、本当か。

鏡を見つめる。

思わず、自分の視線から目をそらした。

「やっぱり、まずかったよな」

幸いにも、先輩は海から這い上がって、言い直してくれた。はっきり「結婚しよう」と。が、これは奇跡というものだ。普通なら、こうはならない。

反省、いや、猛反省せねば。

自分で自分の頭を叩いた。ポカリ。まだ足りない。もう一発、ポカリ。ここ数日は、ずっと、こんなことの繰り返しなのだ。うっとりとしては、我に返る。反省しては頭を叩く。しばらくは、この状況から抜け出せそうにない。

「何、やってんだろ、私」

乱れた髪を整え直して、ため息をつく。

部屋の方から、鋭い音が聞こえてきた。携帯が鳴っている。慌てて、洗面所を出た。

部屋へと戻って、机の携帯へ。息を切らせつつ、電話へと出る。

先輩の声が聞こえてきた。

「悪いな。特に、用件があってかけたわけじゃないんだ。念のために確認をと思って。どうだ？　予定通りで来れそうか」

「大……丈夫です。大丈夫」

「どうした？　息を切らせて」

「ちょっと反省を……いえ、何でも無いです。洗面所で、出かける準備をしてただけです。あと十分程で出発できるかと」

「分かった。じゃあ、待ってる。部屋は片付けておいた。好きなだけ広げてくれ。本でもパンフレットでも」

「了解。参考になりそうな物、持っていきますから」

電話を切って、携帯を机へと置いた。

机の上には、既に、鞄《かばん》が置いてある。そして、その横には本の山。先日、慌てて、結婚に関する本を買いそろえた。幾つか選んで、持っていかねばならない。

山から本を手に取った。

『最新ウェディング・ガイド』

これは一昨日、書店で買った。全体像が解説してあって分かりやすい。手に取って、鞄の底へとしまい込んだ。身を戻して、目を本の山へ。

『結婚アドバイス集〜日程と費用をアドバイス』

これはウェディング雑誌の付録。実例が幾つも載っている。冊子を手に取り、先程の本の上に置いた。身を戻して、再び、目を本の山へ。

『彼をメロメロにするテクニック一〇〇』

これは……持っていけない。

『新婚生活、ナイショのハナシ〜誰にもきけないこと、教えます』

これも……持っていけない。

「二冊だけにしとこ」

あとはパンフレット類を適当に鞄の中へ。内ポケットのファスナーを開いた。本以外に持っていく物をチェックする。ハンカチ、ティッシュ。口紅に化粧水。それにコンパクト。ここまでは、いつもと変わりない。だが、今日は、結婚準備ならではの物がある。

『預金通帳』

今まで結婚は夢の話だった。だが、今日からは実務なのだ。となれば、お金の話は避けて通れない。

「落とさないようにしないと」

鞄を閉めて、深呼吸した。

多忙を極めた夏休みは、昨日にて終了。今日は二人そろって休みを取った。貴重な一日だと言っていい。これからの段取りについて、大雑把《おおざっぱ》であっても、見通しをつけるようにしなくてはならない。

鞄を肩にかけ、部屋の出口を見据えた。再度、両頰を叩く。

「よし、スタート」

由香は鼻息荒く部屋を出た。

第一プール　古池のヒミツ

1

床のカーペットには本と通帳。甘い雰囲気は全く無い。

由香は梶《かじ》のアパートにいた。

「現実って、冷酷だな」

「冷酷ですね」

床に並んで座ったまま、二人そろって、ため息をつく。そして、腕を組んだ。先輩はその姿勢のまま通帳をのぞき込む。自分の方を見た。

「残高三十五万。おまえは役所本体にいたんだぞ。他のお金はどこに行ったんだ？」

「女性の小物って、結構、するんですよ。流行もあるし。貯めることを意識してなければ、こうなります」

先輩が「そうか」とつぶやき姿勢を戻した。今度は自分が通帳をのぞき込む。先輩の方を見た。

「残高八十三万。先輩、少なすぎませんか。私より、ずっと長く働いてるんですよ」

「専門書って、結構、するんだよ。絶版の名著とか高値になるし。貯めることを意識しなければ、こうなる」

二人そろって、また、ため息をつく。

先輩が独り言のように言った。

「二人とも、生活者としてはダメダメだな」

「ですね」

「問題は『結婚でどのくらいかかるか』だ。全体像を把握しよう。本に書いてある結婚の費用、読み上げてくれ」

「了解」

手を通帳の脇へ。ウェディング・ガイドを手に取った。

「まずは、挙式と披露宴の費用から。人数と演出に左右されますけど、本のアンケートによると……」

言葉に詰まった。続けられない。

「どうした？　読んでくれ」

「平均で、三百五十万円」

沈黙。

しばらくして、先輩が「まあ」と言った。

「やり方はいろいろだろ。人それぞれ。要検討事項にして、次の項目にいこう。他にも、いろいろ費用項目があるんだろ」

「あります。まずは新婚旅行。その平均は」

再び言葉に詰まる。先輩が催促した。

「どうした？　続けてくれ」

「百万円弱。土産《みやげ》代だけで十万円使ってる人も」

「いったい、皆、どこに行ってるんだ？　宇宙か」

「ヨーロッパが多いですね。周遊して一週間って感じです。料金の払い込みは六十万くらいでも、段々、膨らんでいくみたいで。旅行用品の買い揃えとか、お土産代とか、現地でのイベント参加費用とかで」

「伊豆の熱海なら……宿泊パック、三万だな」

「臨海公園の千葉湾岸ホテルという手もあります。関係者割引を使えば一万五千円。おまけに、アクアパークの入場券も付いてます。お得です」

「入場券はいらない」

先輩は笑った。

「取りあえず、あとで検討しよう。条件次第で、金額が全く違ってくるから。他の項目に行こう。何がある？」

「指輪ですね。婚約指輪と結婚指輪。金額はピンキリ。アンケートの人達、婚約指輪で三十五万円くらい、使ってます。結婚指輪は、二人で二十五万円」

「最近は、婚約指輪を省略する人って多いな」

「確か、沖田《おきた》さん、缶コーヒーの蓋《ふた》でした。まだ、大学生の頃ですけど」

「まあ、こだわり次第ってことか。金額は違ってきて、当たり前だな。要検討事項にしとこう。じゃあ、次の項目。まだまだあるんだろ」

「ありますけど」

由香は膝に本を置いた。

ため息が出る。手にしているのは、結婚に関するガイド本なのだ。なのに、『結婚するな』と言われているような気分になってきた。もちろん、『祝儀や縁者からの支援を差し引きで考えましょう』とは書いてある。けれど、今の自分達には見当もつかない。

「なんだか、悲しくなってきました。『結婚は人生の最大のイベント』って、こういう意味だったんですね」

「気にするな。平均は、あくまで平均。そうじゃない人もいるってこと。取りあえずは状況の把握だ。淡々といこう、淡々と」

　気を取り直して、本を手に取った。

「では、淡々と。結婚に関連する費用項目ということで……結納《ゆいのう》。結納自体の費用は二十万円くらいみたいですけど、当然、別途、結納金の準備があって。結納金は地域の風習による差が大きいので、相場はピンキリみたいです。アンケートの平均は百万円。もらった側は半額返し。最近では、最初から半返しを想定して、双方で話し合うそうです。で、半分だけを支払うとか」

「そこまでいくと、ちょっと謎の風習になっちゃうな」

「そのせいか、顔見せの食事会で済ませちゃうケースが多くなってるとか」

「そのことは耳にしたことがあるな。取りあえず要検討事項にしとこう。じゃあ、次の項目。何がある？」

「新居関連の費用ですね。引っ越し代、家具家電の買いそろえ、敷金と礼金。アンケートの人達の平均は、もろもろ込みで約百万円」

「それは、もう、暮らしぶりの話だな。当然、人それぞれ。要検討。次は」

　由香は本から顔を上げた。

「項目としては、こんなところです。でも、先輩、結局、全項目が要検討になりました。私達、本当に結婚できるんでしょうか」

「俺達が最低限やらなくちゃならないことって、何だと思う？　婚姻届を書いて署名捺印《なついん》。役所に持っていく——それだけだろう。役所にならば歩いていける。お金はかからないし、手間も大したことない。これが原点なんだよ。この原点に、今の俺達にできることを、一つ一つ加えていく。今、読み上げた項目は、全て原点にプラスしていく話。そう思えば、気も楽だろう？」

　それもそうだ。

「ただ」

「ただ？」

「俺達の場合は、先に解決しておくべき事柄がある」

　先輩は険しい表情で、床上の本を手に取った。本の冒頭部分をめくっていく。数ページほどめくると「これ」とつぶやき、本を床に戻した。

　開かれたページには、イラストが載っている。実家挨拶の風景らしきイラストだ。

　その横には、それに関する説明が書いてある。

『準備にかかる前に、それぞれのご両親に話をしておくことが大切です。二人のことを理解してもらえるようにつとめましょう』

　なんだ、そのことか。

由香は安堵の息をついた。先輩の険しい表情を見て、一瞬、どんな問題が、と考えてしまった。自分の父が障害となることは、前々から分かっている。

「大丈夫です。先輩のことは話してないけど、いざとなれば、強行突破すればいいんですから。極端な話、私が家を出ちゃえばいいんで」

「軽く言うな。そんなに簡単なことじゃないし、俺自身、いい加減なことはしたくない。それに」

「それに？」

先輩は答えない。言葉を探すような素振りを見せつつ、何度も頭をかいた。そして、長く深いため息をつく。こちらを向くと、意を決したように「実は」と言った。

「俺は、その……実家と絶縁みたいなことになってるんだ」

「あの、先輩が絶縁？」

「正式に言い渡されたわけじゃない。けど、そんな感じなんだよ。年に一、二回、お袋と電話で話すくらいかな。一回、数分の電話だよ。親父とはずっと話してないし、顔も合わせてない。まあ、何回か実家に立ち寄ったことはある。けど、その時も、親父は顔を合わせようとしなかった」

「どうして、そんなことに？　あの、いつから？」

「その……おまえも修太《しゅうた》から聞いて、知ってるだろう？　あの事故のこと。あの事故からしばらくして、俺は家を出た。それ以来、ずっとこんな感じだよ」

そのことなら知っている。確か、先輩がまだ高校卒業して一、二年の頃で……なんてこと。大雑把に見積もっても、軽く十数年の月日がたっている。まさしく、絶縁状態ではないか。

「そんな顔するな」

先輩はぎこちなく笑った。

「これは俺の問題だよ。どこかで片を付けなくちゃならないと思っていた。それが今になったというだけの話。おまえは心配しなくていい」

「でも、それじゃ、結婚の話なんてとても」

「どこまで話せるかは分からない。けど、筋は通すから。俺が何とかする。おまえはしばらく忘れていていい。それより」

「それより?」

「早々に、内海《うつみ》館長と岩田《いわた》チーフに、報告しておきたいな。第一報として。段階としては、かなり早いとは思うけど、『細かなことは何も決めてないんですが』と付け加えればいいだろ」

「あの、職場への報告は、もっとあとの方がいいんじゃ」

「俺にとって『親父』とは、館長でありチーフなんだよ。社会に必要なことは、全部、二人から学んだ。顔を合わせようともしない親父からじゃない」

「ですけど」

「近いうちに、まず俺から館長に報告するから。そのあと、おまえはチーフに報告してくれ。今の俺達の立場だと、それが一番スムーズだろ。ともかく、だ。俺の実家のことは気にするな。俺が何とかするから」

こんなに頑《かたく》なな先輩は見たことがない。

由香は瞬《まばた》きを繰り返し、梶の顔を見つめた。

2

背に汗が滲《にじ》む。ようやく、バックヤードの奥隅にて、修太さんを発見。

由香は修太の姿を見つめつつ、深呼吸を繰り返した。頭の中では、昨日、先輩から聞いた言葉が駆け巡っている。

――実家と絶縁みたいなことになってるんだ。

先輩が実家にほとんど帰っていないことには、気づいていた。昔の事故の話も、新人の頃に修太さんから聞いて、概略は知っている。しかし、絶縁に近い状態にあることは、昨日、初めて知った。もっと詳しいことが知りたい。だが、あんな表情の先輩から根掘り葉掘り聞き出すのは無理というものだ。となれば。

「修太さんに、きくしかない」

下腹に力を込めた。足をバックヤードの奥隅へ。

修太さんは、昨日の昼からずっと、ここで作業している。金属棚を組み立てて、新しい水槽を設置しているのだ。その邪魔をして、機嫌を損ねてはならない。自然な会話の流れで、さりげなく聞き出すのが肝要。では、作戦開始。

水槽棚の近くへと、足を進めた。

少し離れた所で足を止め、左九十度に方向転換する。わざと目につくように歩いてみた。だが、気づかないのか、修太さんは振り向かない。結局、すぐに壁へと到達。もう、これ以上は歩けない。仕方なく、壁際でしゃがみ込み「あれ？」などと言ってみた。更には、「あれれ」などと言いつつ、何かを探しているような仕草をしてみせる。そっと水槽の方の様子をうかがった。修太さんがこちらを向いている。

作戦第一段階は成功。さりげなく注意を引きつけたと言っていい。

「どこだったかなあ」

聞こえるようにつぶやく。大きく首を傾げて、ゆっくりと立ち上がった。そして、おもむろに足を水槽棚の前へ。

「由香ちゃん、何してんの？　落とし物？」

よし。かかった。

「おや、これは修太さん。いらしてたんですか。ああ、驚いた」

「驚いたって……言われた方が驚くよ。ずっと、ここにいるんだから」

この会話の流れは、少しまずい。これでは気分良く答えてもらえないではないか。何とかして、この流れを変えなくては。

まずは水槽棚へと寄る。腰をかがめて、顔を寄せた。

「いい棚ですねえ」

「普通の棚だよ。倉庫にあったやつ。それを組み立てただけ」

「いや、棚そのものではなくて……水槽がいいなあ、と。この泡の感じが、もう何とも。エアレーションが決まってますよねえ」

「分かる？」

修太さんは嬉しそうな顔をした。

魚類展示担当の人を気分良くさせるのは、さほど難しいことではない。苦労して作った水槽環境を、ベタ褒めにすれば良い。

「こんな私ですが、分かります。分かりますとも」

腰を戻して、大仰《おおぎょう》に手を打った。

「まず、泳いでいる魚がいいですね。実に、カラフル……ではなくて、地味ですけど、泳ぎ方が特徴的……ではなくて、やっぱり地味ですけど」

水槽では、小さな魚が幾匹も泳いでいる。銀色の体をきらめかせ、リズムよく泳ぐ姿は見ていて心地よい。なんとなく懐かしさのようなものを感じるのだ。ただ、見入ってしまうほどではない。だが、そんなことは口に出せない。

「水槽作りの苦労が伝わってきます。なんと言っても、水草の組み合わせが最高」

「分かる？」

修太さんはますます嬉しそうな顔をした。

「いやあ、分かります。分かります。なんと言っても、この姿。このメダカが太ったような魚が、ほんと愛嬌《あいきょう》たっぷりで……」

その瞬間、修太さんは顔をしかめた。まずい。

「メダカじゃないよ。モロコ。カワバタモロコ。間違えないでよ。この水槽、設置したのは、カワバタモロコのためなんだから」

「あの、その名前、どこかで聞いたことがあるような」

「そりゃ、そうだよ。海遊ミュージアムと共同でやったシンクロ・ライブ、覚えてるでしょ。あの時、イルカプールの大画面ディスプレイで、大写しになってたから」

シンクロ・ライブの光景は今も心に残っている。海遊ミュージアムとアクアパークを通信で結び、同時進行ライブを開催。その時、海遊ミュージアム側のプールサイドに、繁殖特別賞をもらった小学生達が登場した。そして、咲子《さきこ》の指揮で『カワバタモロコ・ロック』を熱唱したのだ。

「すみません、思い出しました、カワバタモロコですね。絶滅危惧種ⅠB類」

「昔は、どこにでもいたんだけどね。今では絶滅危惧種。海遊ミュージアムではカワバタモロコの保全に力を入れててね。協力を頼まれたの。で、この水槽棚ってわけ」

修太さんは手を棚の横へとやる。貼ってあったマグネット式のネームプレートを剥がし、改めて棚の上部へと貼り付けた。

『カワバタモロコ保全水槽』

「アクアパークのバックヤードも手狭だからねえ。でも、棚だと、スペースを立体的に使えるでしょ。で、三段に水槽を二つずつ。上の段に、佐賀塩田川《しおたがわ》系と鹿島川《かしまがわ》系。真ん中の段に、兵庫揖保川《いぼがわ》系と加古川《かこがわ》系。下の段に徳島鳴門《なると》系と大阪石川《いしかわ》系」

「あの、それって棲んでるところの違いですか」

「それだけじゃないんだよ。実は、微妙に違ってる。ヒレとか、体つきとか。遺伝子で比べると、よく分かるんだけど」

遺伝子？

「あの、さすがに、話が飛躍しすぎのような」

「飛躍してないよ。これこそ、まさしく、淡水系水族の特徴。海の水族とは根本から違うから。それぞれ孤立してるからね」

　言葉の意味がよく分からない。怪訝《けげん》な顔を返すと、修太さんはいきなり腕を広げ
「海って広いんだよ」と言った。

「だからさ、生息に関する条件が同じなら、どこにだって行けちゃう。でもね、川や池、淡水系の自然は違うの。周囲は陸でしょ。簡単には移動できない。大きな洪水でも起こらない限り、交流することも無い。だから、孤立してる。それぞれ、閉じた世界に棲《す》んでるってわけ」

「それは分かりますが……孤立というのも、大げさなんじゃ。同じ地域の自然にいるわけですし」

「大げさじゃないよ。たとえばね、伊勢湾周辺の川にいるカワバタモロコを調べた研究があるの。隣接する地域のカワバタモロコと、遺伝子で比較してみたんだよ。そうすると、どのくらい孤立していたか、推定できるから。で、その試算によると、孤立の期間は少なくとも」

　視線が真正面から向かってきた。

「数十万年」

「数十万年？」

「意外でしょ。隣接する水系はね、東が天竜川系で、西が琵琶湖系。自動車で高速を

飛ばせば、すぐに行けちゃうよね。でも、数十万年の孤立。こうした長い年月の間に、それぞれが独自の道を歩み始めるの。遺伝子も少し変わってきて、ヒレや体つきの違いになる。個体群とか、系統とか、呼んでるんだけどね」

「あの、それって、まるで、ガラパゴス諸島みたいな話なんですが」

「規模は違うけど、理屈は同じ。海の中で孤立するガラパゴス諸島と同じことが、淡水系の自然では日常的に起こってるの。だから、陸や海の感覚で、淡水系の自然を考えちゃいけない」

修太さんは水槽棚に目をやる。そして、その目を細めた。

「もう自然界では絶滅しちゃって、水族館でしか生き残っていない系統もあるんだよ。真ん中の段の揖保川系とか。だから、水槽を分けた上で、大切に育てなくちゃね」

なるほど。

もう一度、腰をかがめて、水槽へと顔を寄せた。カワバタモロコは、あいも変わらず、水草の間をリズムよく泳いでいる。そのうちの、最も小柄なカワバタモロコがこちらを向いた。そして、口をパクパク。

地味なんて、言わないでよ。

「でも、地味だよねえ」

そうつぶやくと、カワバタモロコはプイッと横を向き、水草へと戻っていく。思わず、笑いが漏れ出た。

「で、由香ちゃん、何？」

「あの、何と仰《おっしゃ》いますと？」

「水槽を見に来たわけじゃないんでしょ」

そうだった。慌てて腰を戻して、振り返る。

修太さんは「いい加減だねえ」と笑った。

「わざわざ探し物のフリをしてたのにさ、そのこと、すっかり忘れちゃってる。何かききたいことがあって、ここに来たんでしょ。用も無く、僕のところに来る時って、だいたい、そうだから」

「いや、それが、その、そういう話はさりげなく……」

言葉に詰まった。もう、しどろもどろ。

修太さんはあきれたように首を振った。

「まどろっこしいねえ。仕事の話？　それとも、それ以外？」

「それ以外の方かなと」

「はい、はい、了解」

そう言うと、修太さんは排水パイプ横の丸イスを手に取った。腰を下ろして、自分の方を向く。「何でも、どうぞ」と言った。

「パッパッと言っちゃって。僕、もうすぐ、出かけなくちゃならないんだよ。ちょっと遠出でね。海遊ミュージアムの人と、待ち合わせてんの。遅れるわけにはいかないから」

「実は、その」

言うしかない。

「先輩のことなんですが」

「はい、梶のことね」

「実家とうまくいってないみたいなんです。あの、何か、ご存じで？」

「聞いたことあるような気がするねえ。と言っても、梶が『何年も帰ってない』って言ってるのを、聞いたってぐらいだけど」

「あの、それって、あの事故のせい？」

「分かんない。梶って、自分のこと、あまりしゃべりたがらないから」

「事故って……先輩、直接、関わってませんでしたよね」

修太さんは、すぐには答えてくれない。大きく首を傾げると、「由香ちゃん、あのさ」と言った。が、言葉をのみ込み、自分の方をじっと見つめる。少し間を取ってから、「なんでまた」と言った。

「急に、そんなこと、気にしてんの？」

どうする？　事情を明かさねば、話してもらえないだろう。確か、ガイド本に書いてあった――『二人共通の友人には、早めに報告しておきましょう』と。最初に打ち明けるのが修太さんなら、先輩も納得してくれるに違いない。

「あの……また『実は』の話で、かつ、『ご内分に』の話なんですが」

まずは、結婚のことについて報告した。その打ち合わせをしたことについても報告。そして、気にかかっていることを付け加えた。先輩が『実家と絶縁みたいになってる』と言ったこと。それ以上、話そうとしないこと。

「でも、先輩、『気にするな。俺が何とかする』と言うだけでして」

話し終えて、一息つく。

修太さんは大げさに「ひゃあ」と言い、倒れるような仕草をした。が、すぐに身を戻して、笑みを浮かべる。「いっぱい来たねえ」と言った。

「順番通りに答えなくちゃね。まずは、おめでと。いやあ、こっちも気を遣ってたんだよ。同じ職場だからさ。二人とも、ミエミエなのに、何も言わないし。まあ、こっちの方は、すっきりしたかな。で、もう一つの方ね。こっちは、よく分かんない」

「そう……ですか」

「僕、知ってることは、全部、由香ちゃんにしゃべっちゃってるもの。だから、新しい話は何も無いよねえ」

「やっぱり……ですか」

「そんな顔しないで。まあ、直接関係してないことは、間違いないよ。梶が研修で沖縄に行ってる時に、事故は起こってるんだから。当時、梶はダイバーズショップで働いてて、初心者向けのインストラクターをしてた。で、その生徒さんが、地元の海に一人で潜って、命を落とすことになった。単独での潜水事故だもの。関係しようがないよねえ」

「確か、その……生徒さんって先輩と親しい間柄で……年上の女の人で……東京に婚約者がいてた人……でしたっけ」

「気になんの？」

動悸《どうき》がした。慌てて手を振り「そういうわけでは」と返すと、修太さんは苦笑いする。そして、「気にすることないと思うよ」と言った。

「今の梶とは違うんだから。その頃の梶は高校を卒業して一、二年。二十歳になるかならないかのお兄ちゃん。そんな頃の話だからねえ」

「でも、その……今でも絶縁に近い状態だってことは……他にもいろいろ何かあったんじゃないかと」

「あったかもしんないし、無かったかもしんない」

修太さんは肩をすくめた。

「たぶん、警察に事情くらいは聞かれたと思うんだけどさ、田舎じゃ、それだけで大騒ぎだよねえ。噂話《うわさ》になって、その噂話が勝手に一人歩き。憶測を付け加えて、話を変えちゃう人だっているだろうしね」

由香は息をついた。

どうやら、修太さんが知っていることと、自分が知っていることには、大差無いように思える。だが、せっかく、こうして相談しているのだ。この際、いろんなことをきいておかねば。

「じゃあ、あの、もう一つ質問を。先輩って、アクアパークには、どういう経緯で入ったんでしたっけ?」

「梶のやつ、事故のあと、ダイバーズショップを辞めちゃったんだよね。居づらくなったんだろうねえ。で、南房総の宿で住み込みの手伝いをして転々。そんな時、宿に泊まった内海館長と、偶然、出会った。で、アクアパークに誘われた。その頃のアクアパーク、結構、スタッフの入れ替わりが激しかったみたいでね。梶のやつ、よく言うんだよ。『俺の最大の幸運は内海館長と出会えたことかもしれない』って」

その話も、以前、聞いたことがあるような気がする。

「まあ、この件は梶に任せておけばいいと思うよ。実家周りの事柄ってさ、ほんとに人それぞれ。本の通りになんていかないから。それにね、気にし始めると、もう切りがないんだよ。どこかで割り切ることも必要だから」

「それは……分かってはいるんですが」

「大丈夫。梶はさ、僕と違って、用意周到に物事を進めるタイプでしょ。たぶん、今頃、結婚のこと、内海館長に報告してんじゃないの」

「へ？」

初めて、思わぬ話が出てきた。

「今日は二人一緒に出張でしょ。水族館協会の年次総会に出席。会場は海遊ミュージアム近くのホテルだったかな。梶のやつ、わざわざ予定を変更してさ、館長と一緒の新幹線に変更したんだよ。なんで、そんなことするのかなと思ったけど、由香ちゃんから今、結婚のことを聞いて納得。話を切り出す機会を作ったんでしょ」

確かに、先輩は『近いうちに、館長に話す』と言っていた。だが、まさか、今日だとは。何もかもが早く進んでいく。心の準備がまだ出来ていないのに。

「じゃあ、僕、そろそろ行かなくちゃ」

修太さんは腰を上げた。再び、丸イスを排水パイプ横へと置く。そして、何か思い出したように「そうそう」とつぶやき、こちらを向いた。

「由香ちゃんもさ、いったん、スタッフルームに戻った方がいいよ。岩田チーフが、用事、あるはずだから」

「チーフが？　あの、特に何も言われてないんですが」

「逆だよ。行ったら、何か言われるんじゃないの」

何のことやら分からない。怪訝な顔を返してみたが、修太さんには通じない。修太さんは「ほら、ほら」と言い、催促した。

「なんなら、チーフには『修太に言われて来た』って言っていいよ。そういえば、チーフも思い出すんじゃないの」

「あの、それは、どういう意味……」

「じゃあ、僕は行くから。がんばってね。結婚も、仕事も」

そう言うと、修太さんは逃げるかのように、バックヤードから出ていった。

3

本日は水族館協会の年次総会。会場外の廊下はごった返している。

梶は廊下の壁にもたれ、息をついた。

「懐かしいな」

前回、ここに来たのは三年半程前のこと。会場のトイレで沖田さんと再会した。そして、海遊ミュージアムの岬《みさき》館長に会い、『人事交流プログラムを利用して海遊ミュージアムに来ませんか』と誘われたのだ。思えば、あれが全ての始まりだった。いや、そうじゃない。そもそもの始まりと言えば……。

――先輩、私、もう来ちゃったんですから。

「あいつがアクアパークに来た時か」

苦笑いの息が漏れ出た。

最初は喧嘩《けんか》ばかりしていたような気がする。だが、ムキになって取り組む姿を見ていると、なんとなく、ほっておけなくなってきた。気づくと、始終、あいつのことを考えている自分がいた。そして、結婚。少し不思議な気がする。自分のような者が家庭を持つなど、生涯ありえないと、ずっと思ってきたのだから。

天井の照明を見上げた。ゆっくりと息を吐く。

「もう前に進むしかないんだ」

ここに来る途中、新幹線の中で、内海館長に結婚のことを報告した。もはや退路は無い。これからは向き合わねばならない――ずっと自分が避けてきたことと。それが結婚という出来事の持つ意味でもある。

「梶君、申し訳ない。随分とお待たせして」

内海館長が戻ってきた。

「廊下で懐かしい人につかまってしまいましてね。いきなり、喧嘩を吹っかけてくるような調子で言うんですよ。『わいん所は、なして、いっつも騒いどうと？』なんてね。九州の水族館の館長さんでね。私の師匠みたいな人です。あとで紹介しますから。相当なクセ者ですけどね」

ありがたい。館長と一緒だと、いろんな人と知り合うことができる。

「それに加えて、あと数人程、紹介しますよ。四国に新しく出来た水族館のスタッフが来てましてね。おもしろい水族館なんですよ。海遊ミュージアムのＯＢが何人か設立に関わってて……おや、どうしました？　梶君らしくない。こういった場に来ると、何か吸収して帰らねばと、周囲をキョロキョロ。それが君だと思っていましたが。今日は、なにやら大人しい」

「いえ、その……思ってたよりも大勢の人なので、戸惑ってしまって。実は、このホテルには一度、出張で来たことがあるんです。その時の様子と、かなり違うものですから」

「一度、出張で？　ああ、分かりました。海遊ミュージアムの岬さんに、君が出会った時ですね。あの時も、このホテルでしたか」

館長は目を細めた。

「いやあ、懐かしい話です。君に『人事交流プログラムを利用したい』と言われた時は、驚きましたよ。そんなことを言い出すタイプには、見えませんでしたから。変われば変わるものだと思いました。ですが、それから、もっと君は変わった。むろん、いい意味ですよ。月日が流れるのは、早いものです」

そのことは自分でも感じてはいる。だが、何がどう変わったのか、自分ではよく分からない。分かることは一つ。長い時間がたった——それだけだ。

「梶君、覚えてますか。私と君が初めて会った時のこと？　君はまだ二十歳になったばかりでしたが」

「忘れるわけないです。船宿兼営の民宿で、住み込みの手伝いをしていて……確か、ビールの追加を持っていった時でした。館長に話しかけていただいたんです。宿のご主人に『梶君をちょっと借りますよ』と仰っていただいて。その時、いろんな話をしました」

「そうそう。あそこは私の定宿でしてね」

それからは、泊まるたびに呼び出された。そして、二ヶ月半程たった頃、唐突に尋ねられたのだ。「水族館に興味はありませんか」と。

「あの頃の君は全身トゲだらけでしたよ。たとえるなら、怒れるトラフグです。けれど、そのトゲの先端も程よく丸くなりました。今はトラフグ提灯かな。周囲を明るく照らしている。実に感慨深い。おまけに嶋《しま》さんと結婚です——余りに感慨深いもので、私、電話をしてしまいました」

言葉の意味が分からない。

「あの、電話？　何の件で？」

「結婚の件に決まってます。受付で君が手続きしている間、ロビーで岩田チーフにかけたんです。一刻でも早く耳に入れておきたくてね」

「あの、岩田チーフに？」

「ご心配なく。状況は分かっています。当面、私とチーフとの間だけにしておきますから」

まずい。チーフには、あいつの口から直接、報告してもらうつもりだったのだ。そんな思いが顔に出たらしい。館長は笑いつつ「なんて顔するんです」と言った。

「君のことだから、『きちんと筋を通さないと』なんて思ってたのかな。嶋さんの口からチーフへ直接報告を、とか。まあ、気にしないで下さい。それとも……たとえ相手がチーフであっても、他の人に話すのはまずかったかな」

「いえ、そういうわけでは」

「なら、問題は無しということで。まあ、心配してるようなことにはなりませんから。君をアクアパークに誘ったのは私ですからね、君と実家とのことについては、多少のことは耳にしています。焦らないことですよ。一つ一つ、じっくりと解決。そうやって、目処《めど》がついてきたら、また教えて下さいな。せかすようなことはしませんから」

そう言うと、館長は会場の扉へ目を向けた。

「では、行きましょうか。クセ者ばかりの会場へ」

館長は会場へと向かっていく。その背に向かって、胸内でつぶやいた。確かに、会場にクセ者は多いのだろう。だが、一番のクセ者は内海館長ではないのか。

再び、苦笑いの息が漏れ出てくる。梶は内海の背を追った。

4

残暑の日差し。岩田チーフと一緒に窓のブラインドを下ろしていく。

由香は小会議室に来ていた。

ブラインドを下ろし終えると、チーフは手をテーブルのイスへ。「ここの方がいいだろ」と言った。

「スタッフルームより、ゆっくり話ができら」

スタッフルームへと行ったのは、ほんの数分程前のこと。自分はまずチーフの机の前に立った。「修太さんから言われて、来たんですが」と告げると、チーフは「何のことだ」と言わんばかりの顔をする。が、すぐに「ああ」とつぶやき、机の上の書類ファイルを手に取った。

「いけねえな」

チーフは気まずそうに立ち上がった。

「年を取ると、忘れっぽくなっていけねえ。ちょいと、小会議室の方へ移動するぜ。この時間帯なら、空いてるはずだから」

かくして、この小会議室へ。何が何やら分からぬまま、今、ここにいる。

「座ってくんな。話すことがいろいろとあんだ」

言葉に従い、腰を向かいの席へ。

自分が腰を下ろしたとたん、いきなりチーフは背筋を伸ばした。膝に両手を置いて、深々と一礼する。顔を上げると、思わぬことを言った。

「おめでとさん」

「あの、何かいいことが？」

「おめえの結婚話よ。めでたくねえのか」

「いや、めでたい……と言うか、どうしてチーフがご存じで？」

「おめえがスタッフルームに来る直前によ、館長から電話があったんだ。で、聞いた。梶が館長に報告したらしくてな」

唾を飲み込んだ。修太さんの予想通りだ。思いもしないスピードで、話が広がっていっている。

「梶は、おめえの口から俺に報告させるつもりだったみてえなんだけどよ。俺も聞いちまった以上、知らんぷりはできねえだろ。まずは万々歳。めでてえ」

「あの、細かなことは、まだ何も決めてないんですが」

「そいつあ、梶と相談して、ゆっくりと決めてくんな。俺も館長も他のスタッフに、しゃべることはねえから。ただ、時期を見計らってよ、おめえの口から吉崎《よしざき》には話しておいた方がいいと思うぜ。いろいろと参考になる話が聞けるだろ」

それはある。

慌てて手を胸元へ。メモ帳を取り出すと、チーフは笑った。

「悪いが、めでてえ話はここまでよ。次の話をするぜ。心の準備はいいか」

「あ、はい。めでたくないの方の話？」

「そいつあ、分からねえや。ともかく、仕事の話よ。修太が言ってた件。本当は一昨日か昨日のうちに、おめえに話すつもりだったんだが……完全に忘れてた。修太から催促されて思い出すとは、情けねえや。最近は、俺も段取りが後手後手でな」

そう言うと、チーフは目を手元の資料ファイルへとやった。だが、ファイルは開かない。すぐに目を戻すと「まずは、質問すっか」と言った。

「むろん、仕事のことでな」

身構えた。今までにも、似たような会話の流れになったことが何度もある。そのあとには、たいてい、難題が降りかかってきた。今回はどうなる？

「何も言ってねえのに、警戒すんじゃねえや。難しい話じゃねえよ。まずは、現状の確認から。今、アクアパークと海遊ミュージアムは姉妹館。そのことは認識してんな」

「もちろん、です。東と西で姉妹館」

「だがよ、まだまだ対等の関係じゃねえ。向こうは敷地も広くて、設備も充実。歴史もある。ただ、違いってえのは、そんな分かりやすいモンだけじゃねえんだ。アクアパークと海遊ミュージアムの違い。おめえは何だと思う？」

そのことなら決まってる。海遊ミュージアムの人達は、万事、そつが無い。

「海遊ミュージアムに、私のようなドジはいません」

「その通り……じゃねえよ。そんなこと、胸を張って言うな。他にあんだろうが、仕事のことで」

「水槽の数とか？」

「そいつあ、設備のうちに入ってて……いや、もう質問は撤回。俺が話すから。いいか。アクアパークが海遊ミュージアムには全く及ばない分野がある。社会教育とか研究とかの分野よ。アクアパークでも沿岸の回復運動はやってるけどよ、臨海公園の枠内での活動って言っていい。研究らしい研究なんてよ、修太の趣味レベルが限界よ。

その点、海遊ミュージアムはてえしたもんよ。社会教育課とか、水族研究グループってえのがあってな。地元と連携して自然保護活動もやるし、種の保存事業もやる。それも関西一円を対象にしてだ。あまり知られてねえが、こいつあ、水族館の本質の一つと言っていい」

考えたこともなかった。

「社会教育と研究――この二つの分野が重複するのが、絶滅危惧種の保全活動よ。特に、淡水系の生きモンだな。こいつあ、水族館だけの力では無理。地元の理解と協力がねえとな。さあ、そこで、だ」

チーフはようやく資料ファイルを開いた。その間に挟まれていた図面を手に取って広げる。テーブルへと置いた。

『南房総農業組合　甲地区』

「こいつあ、地元の農協で作った地図なんだが」

地図の上部には幾重もの等高線。山を表していることは間違いない。その間を川らしき筋が裾野の方へと流れている。その川は整備された水路とつながり、水路は四方八方へ。その間には幾つもの四角い区画。間違いなく、この区画は田んぼだろう。南房総でよく見かける光景だ。

「この辺り一帯は、有機農法をウリにしてててな。使う水も山々からの湧き水。隣村には酒蔵もある。つまり、ここには、昔ながらの光景に近《ち》けえもんが残ってるってわけなんだが」

　チーフは指先を右上部の隅へとやった。等高線を見る限り、山のすぐ下辺りか。赤マジックで囲われた一画がある。

「この一画は、ここ数年、耕されてねえ。休耕田ってやつよ。持ち主は小学校の校長先生でな。その小学校ってえのが、修太の娘、ミユが通ってるところってわけよ。その縁で、修太に声がかかった。『田んぼを遊ばせておくのも、もったいない、無料でいいから使ってみないか』ってな」

「アクアパークで、お米を作るんですか」

「それも悪かあねえがよ、やっぱり、うちは水族館だからな。ビオトープをやる。ビオトープ——何のことか分かるな?」

　正確な定義は分からない。だが、おおよそのことなら分かる。

「自然を再現した小池やプール。水草いっぱい、小魚もいっぱい。メダカとか、タナゴとか。小学校などで、よく見かけます」

「大雑把だが、まあ、間違ってはねえや。休耕田のビオトープは、西播磨《にしはりま》の水族館が大々的にやってててな。淡水魚だけじゃねえ。希少種となったタガメやモリアオガエルとかの繁殖拠点にもなっている。で、田んぼという環境が、どれだけ自然に寄与してきたか、いろんなことが判明してきてんだ。田んぼとその周辺環境は、『身近な自然のあり方』のモデルと言っていい。で、修太が飛び付いた。アクアパークからかなり離れてっけど、環境はいいからな」

「じゃあ、ここでビオトープを？」

「ああ、方向はすぐに決まった。持ち主が校長先生だから、学校関係者には話が早い。教育委員会に話をしてもらって、小学校の共同観察場にしてはどうか、ってところまでこぎ着けた。最近の学校は生き物を育てることもしねえし、ビオトープを設置してねえところも多い。最近じゃあ、田舎の小学生でさえ、田んぼに入るのを怖がってんだ。そういった風潮に一石を投じる意味もあるってことでな。ただ」

チーフは顔をしかめた。

「こういった話は、当事者が納得すればいいってもんじゃねえんだ。周囲は田んぼ。水利権の調整がいる。それに、うちのスタッフが常駐するわけにもいかねえからよ、周囲の人達にも、ある程度、協力してもらわなくちゃなんねえ。無関心の人達を説得して、分かってもらう必要が出てくんだよ。修太は水族の生態には詳しくても、こういったことは苦手。で、海遊ミュージアムに手助けを頼んだ。具体的に言うと、ヘイさんに、な」

出かける前、修太さんは言っていた——海遊ミュージアムの人と待ち合わせてるんだよ。待ち合わせてたのは、ヘイさんだったのだ。

「ヘイさんは自然保護に熱い心を持った人だがよ、人と接する時には、それを表には出さねえ。どこか、ひょうひょうとしてて、自説を押しつけるようなところは、まるでねえ。なのに、いつの間にか、乗せられちまってる。こりゃあ、一種の才能よ」

「分かります。私も乗せられてしまった側なので」

「おめえは乗せられすぎだがな」

チーフは笑った。

「だがな、そんなヘイさんに手伝ってもらっても、時間はかかる。校長先生から話を持ち掛けられて、およそ二年。ようやく最終段階の詰めまでこぎ着けた。で、先々週、修太がヘイさんと現地で打ち合わせしたんだが」

チーフはいったん、言葉を区切った。再び、手をテーブルの地図へとやる。そして、等高線をなぞりつつ「地図を見りゃあ」と言った
「なんとなく地形は分かっだろ。休耕田ビオトープの背後は山。だが、すぐに崖《がけ》ってわけじゃねえ。裏手に多少の段差があって、その上はほぼ平地の林。その奥までいくと、傾斜が厳しくなって深い森の中。地図では分からねえが、林の中の地面には湧き水が溜まっててな。ちょっとした湿地帯みてえになってる」

チーフは手を戻して、自分の方を見る。「さあ、ここで」と言った。

「また、質問だ。修太とヘイさんの打ち合わせの時によ、この林ん中で、とんでもねえモンが見つかっちまった。何だと思う？」

「とんでもないもの……分かりました。遺跡ですね。縄文時代の貝塚とか」

「いつもながら、感心しちまわあ。おめえの発想は思いもしねえ所にぶっ飛ぶから。まあ、いいや。今度も俺が答えちまう。林ん中で見つかったのは、なんと、冷水に棲むドジョウよ」

「あのう……ドジョウ？　ぴろんとしたヒゲの」

「ぴろんじゃねえよ」

　チーフは顔をしかめた。

「ドジョウのヒゲは、六本から十本。今回のドジョウは八本。それが四方八方に伸びてるように見えんだよ。だから、表現するなら、『ぴろん』じゃなくて」

　チーフはわしづかみするように両手を広げる。その手を鼻の周りで動かした。

「いいか。『ひょこ』、『ひょこ』、『ひょこ』、『ひょこ』って感じなんよ。八本だから四対《つい》。ちゃんと四回分、言ったんだぜ……って、おめえ、俺に何やらせんだ」

「あの……やらせてませんが」

「そうだな。つい、興奮しちまった」

　珍しくチーフは顔を赤らめた。

「ともかくだ。背後の林の中でよ、珍しいドジョウが見つかったんだよ。絶滅危惧種で、ホトケドジョウってんだがな。ちょっとズングリで、丸顔。冷水に棲む。千葉はまだ生息地が残ってる方なんだが、それでも、どこでもというわけではねえ」

ホトケドジョウか。初めて聞いた。

「このホトケドジョウが見つかって、一気に地元が盛り上がってきた。『絶滅危惧種の里』という看板ができれば、地域のイメージも大いに上がる。『手伝いたい』という人も出てきて、人手の問題も解決した。当然、修太もヘイさんも乗り気よ」

ホトケドジョウとやらが、どう珍しいのか、まだピンと来ない。だが、目の前の光景は明らかに珍しい。チーフは興奮気味。鼻息が荒いのだ。

「こうなりゃあ、ビオトープに合わせて、絶滅危惧種保全プロジェクトもスタートするしかねえ。アクアパーク初の広域プロジェクト。このプロジェクトで、アクアパークは変わるぜ。臨海公園を飛び出すんだから。海遊ミュージアムとの共同プロジェクトになるかもしんねえな。まさしく、アクアパークにとっての『もう一歩』よ」

話が見えてきた。

アクアパークには、日々の仕事の見直し運動――『もう一歩プロジェクト』がある。そのとりまとめは、修太さんと自分。となれば。

「こりゃあ、『もう一歩プロジェクト』の目玉と言っていい。『仕事の見直しを』なんて言うと、コソコソ逃げてた修太がよ、今回はノリノリになってる。このプロジェクトの旗振り役はおめえだ。知らんぷりというわけにもいくめえ」

チーフは手を地図へ。テーブルの上を押しやってきた。

「これを参考にすりゃあ、現地には行けるだろ。ほんとはよ、昨日のうちに説明しときゃあ良かったんだ。そうしてりゃあ、修太と一緒に出発できたんだがな。だが、忘れた。で、今、慌てて説明してるってわけだ。悪いが、行ってきてくんな」

「あの、これから?」

「そう、これから。今日は地元の人達も集まってんだ。こういう時に、顔を見せとかないとな。取りあえず最寄りの駅まで行ってよ、あとはタクシーを使ってくんな。農道で行ける所まで行ってくれるから。多少は歩くが、迷うことはねえだろ。で、修太の車で帰ってきな。ああ、それと、行く時はよ、地図を参考にして、周囲の環境をよく観察するんだぜ。携帯の地図じゃあ、分かんねえことがいっぱいあんだから」

唾を飲み込んだ。

地元の人達と連携しての自然保護活動。しかも、対象は絶滅危惧種なのだ。自分には何の経験も知識も無い。いったい、何をすればいい?

そんな思いが伝わったらしい、チーフは笑いつつ「なんでえ」と言った。

「不安でいっぱいいっちゅう面してんな。絶滅危惧種、保全活動、地元との連携――難しい言葉ばかり。もう、その中に溺れてしまいそう、ってところか」

「そんなところ……です」

「心配すんねえ。現地には修太がいる。修太が外してる時は、ヘイさんがいる。どちらか一人はその場にいて、何をするか教えてくれっから。おそらく、へっぴり腰でジョレンを引くことになると思うがな」

「あの、常連を引く……んですか」

「ジョレンだよ、ジョレン。ちゅうても、言葉が通じねえか」

「通じない……みたいです。すみません」

「おめえは、水族館スタッフとしてはまだまだだがよ、世間の人よりはずっと自然に詳しい。それは間違いねえ。だが、ジョレンが通じない。これが今の自然保護のあり方なんだよ。仕方ねえと言えば仕方ねえ。真ん中が抜けてっから」

「あの、真ん中？」

「おめえは、その典型例と言っていいだろうな。入館以来、イルカを担当。副担当としてラッコやペンギンも経験した。はっきり言って、希有《けう》な経験をしてきたんだよ。だが、それを逆に言えば、『三角形のてっぺんしか知らねえ』ってこった。大事なモンが抜けている。それを知らなくちゃあ、自然全体は見えてこねえや」

「あの、仰ってる意味がよく分から……」

「行けば、分からあな。自然保護っちゅうのは、本来、地味で面倒でやっかいなんだよ。だから、すぐに飽きて、嫌になってくる。それをどう継続していくか。まあ、自分の手でジョレンを引いてみな。肌で分かっから」

何が何やら分からない。言語明瞭、意味不明とは、このことか。だが、アクアパークとしての取り組みとなれば、行かないわけにはいかない。

チーフは催促するように地図を再び押しやってきた。

「ほれ。さっさと行きな。でねえと、日が暮れちまう」

地図を手に取って、立ち上がった。チーフに一礼。頭を下げたまま、こっそりとため息をつく。だが、それが聞こえたらしい。

「こら。ため息つくんじゃねえよ」

由香は慌てて小会議室を出た。

5

林の中で、へっぴり腰。湿地の縁で、ジョレンなるものを引く。

由香は腰を戻し、汗を拭《ぬぐ》った。

手元のジョレンへと目をやる。名前は知らなかったが、別に珍しい道具ではない。

高校時代、溝掃除の泥さらいで何度か使ったことがある。長い柄に金属板が斜めについたクワ。要は、農具の一種だ。となれば、やることも農作業に近いものになるわけで……。

顔を上げて、林の奥へと目をやった。

湿地帯の奥側には地元の人達。皆、長靴に農作業着だ。その中には長靴に麦わら帽子の女の子もいる。小さな体で長い柄のジョレンを器用に使いこなしていた。自分より、明らかにうまい。むろん、傍らにいる大人の人達は手慣れたもの。効率的に作業を進めている。

「地味な作業だよな、これ」

湿地帯と言っても、広いわけではない。地元の人達がいる奥から自分の足元まで、湧き水が溜まっている程度だ。長さにして二十メートル弱。幅も七、八十センチくらいしかない。

そんな湿地帯の縁に、ジョレンの刃先を入れて土をほぐしていく。土がほぐれたら草を抜いて湿地を拡大。更に、ジョレンの板面で泥をさらって、取り除く。最後に、ジョレンの板底で湿地の縁を叩いて固め、整える。地味で退屈な作業だ。別に、派手なことをしたいわけではないのだが……絶滅危惧種の保護はどこに行った？

「嶋さん、手を止めなや。あと、もうちょっとや」

傍らから声が飛んできた。自分の指導役はヘイさん。修太さんは近くにある別の水源の方に行っているとの由。ジョレンの使い方はヘイさんから教えてもらった。

「この程度でへばっとったら、子供にまで笑われるで」

慌てて腰をかがめ、ジョレンを構えた。泥をさらうときは腕の力だけに頼ってはならない。腰を入れて体重移動しつつ、ジョレンを操るのだ。まずは、湿地の縁をほぐした。草を取り、泥を除いて、湿地の縁を整える。その繰り返し。別に難しいことはない。だが、趣旨は不明。

「あの、ヘイさん」

作業をしつつ尋ねた。

「私達、今、いったい、何を？」

「何をって……何や？」

「いや、やってる作業の趣旨が、よく分からないんですが」

「鉄ちゃんから聞いたやろ。絶滅危惧種ホトケドジョウの保護活動。それやがな」

「でも、やってるのは泥さらい……」

ヘイさんのジョレンが止まった。

「鉄ちゃんから説明は？」

「何も。行けば分かるって」

「またかいな」

そう言うと、ヘイさんは腰を戻した。それに合わせて、自分も。

ヘイさんは苦笑いしていた。

「ホトケドジョウっちゅうのは、少し変わりモンのドジョウでな。冷たい水で、かつ、酸素がたっぷり溶け込んどる水でないと棲めんのや。つまり、湧き水やな」

確かに、足元の水は意外なほど冷たい。林の中は蒸し暑いのに。

「ほれ、そこや。よどみの中で、ホトケドジョウがこっち向いとるわ。周りと同じ色やから、分かりにくいけどな」

指差されたよどみに目を凝らした。

小さなよどみ。湧き水だから、底まではっきりと見えている。だが、全く分からない。更に目を凝らした。やっぱり、分からな……あ、動いた。黄土色が動いた。

これがホトケドジョウか。

よく見かける細長いドジョウとは、少し違っていた。ちょっと、ずんぐり体型。ヒゲ面であることは同じだが、かなり丸顔。そんなドジョウが、こちらの方を向いて様子をうかがっている。

あんさんら、何しに来てはりますの？

そして、身を翻し、ヒョコヒョコと泳いでいく。

その姿に、笑いが漏れ出てきた。ちょっと、おどけた感じだ。なのに、冷たく清らかな水に棲む。そのギャップが、なんとなく、おもしろい。

「この湿地帯は、湧き水がデコボコの山肌に溜まったもんや。そやから、自然と浅い所と深い所とが出来上がっとる。実は、このホトケドジョウ、幼魚と成魚では棲む場所が違うねん。幼魚は浅い所、成魚はだいたい深めのよどみ。で、産卵が近づくと浅い所へ移動と言われとる。まあ、諸説あるんやが、いろんな環境が必要っちゅうことは間違いない。その点、この湿地帯はぴったりと言うてええやろ。狭い空間の中で、見事にバランスがとれとる。そやけど」

ヘイさんは林の湿地帯を見回した。

「雨が降れば、土砂が流れ込んできて、徐々に湿地を埋めていってしまう。特に、浅い所におる幼魚にとっては一大事やわな。で、泥をさらって、湿地を整えてやっとるっちゅうわけや」

なるほど。

「絶滅危惧種の生息地が見つかったらな、まずは、その環境の維持に全力を注ぐねん。特別なことは必要ない。元々、その環境に適した生きモンなんやから。絶滅危惧種の保全というと、派手なイメージを思い浮かべる人が多いけどな、必要なんは忍耐や。面倒で、やっかいなことを、地道にコツコツと……」

　その時、いきなり、林の奥から声が飛んできた。

「由香お姉ちゃんっ」

　ヘイさんは言葉をのみ込み、目を林の奥へとやる。自分も目を林の奥へ。湿地で作業していた女の子が腰を起こしていた。そして、自分の方を見つめている。地元の女の子に知り合いはいない。だが、見覚えがあるような。

　由香は目を見開いた。

　地元の女の子ではない。修太さんの娘さん、ミユちゃんではないか。

「お姉ちゃん、来てたんだ」

　ミユちゃんは草むらへジョレンを放り出した。そして、湿地帯から出る。整えた縁を踏まないようにしつつ、木から木へ。速い、速い。あっという間に傍らへ。

　ミユちゃんは息を切らせつつ「来ると思った」と言った。

「これって、『もう一歩プロジェクト』の目玉になるんでしょ。なら、由香お姉ちゃんが来ないわけないもの」

　ミユちゃんはアクアパークに詳しい。自分よりも。

「ミユちゃん、どうして、ここに？　パパと一緒？」

「今日はね、校長先生と一緒」

　ミユちゃんは林の奥へと目を向けた。

「ほら、あの人。禿《は》げ頭で腕まくりして草を引いてる人が校長先生。学校、さぼったわけじゃないよ。校長先生のお墨付きなんだから。先乗りで下見。来週、皆を連れてくるの。ミユが案内役。だって、ミユが見つけたんだからね」

そう言うと、ミユちゃんは幼い胸を張る。

ヘイさんが笑った。

「実は、この湿地のホトケドジョウ、発見したんはミユちゃんでな」

「ミユちゃんが？」

「以前、海遊ミュージアムで、ホトケドジョウの保全パンフレットを作ったことがあってな。『こんな丸顔のドジョウを見かけたら、ご一報を』っちゅう内容のモンで、地元の人達に配ったんや。活動案内の一環として、親しい水族館にも送ったんやが、それを修太君がミユちゃんに渡したらしくてな。で、見つけたってわけや」

ミユちゃんは目を輝かせる。「すぐに分かったよ」と言った。

「冷たい水でしょ。丸顔でずんぐりでしょ。それに、ちょっとおどけた感じ。パンフレットに書いてあった、そのまんまだもの。林の入口に、看板を立ててもらわなくっちゃ。『発見者、今田ミユ』って。えへん」

そして、口元へと手をやり、大仰に「えへん、えへん」と繰り返した。そして、更に胸を張る。もう後ろに引っ繰り返ってしまいそうだ。

「でも、ミユちゃん、どうやって、ここに？　最初から、ここにいるって分かってたわけじゃないよね。一人でここに来るのも大変だし」

「その時は、パパと一緒。でも、退屈だったから、探検してたの」

ミユちゃんはヘイさんの方を見やる。

ヘイさんは頭をかいた。

「先々週、修太君とここで打ち合わせしたんや。現地を見ながらやないと、細部は詰められんから。その日は日曜日やったから、修太君はミユちゃんを連れて来とった。けど、わしも修太君もビオトープの話に夢中になってしもうてな。気づくと、ミユちゃんがおらへんねん。そら、もう、慌てたで。なかなか見つからんさかい」

「だってね、探検ポイント、いっぱいあるんだもの」

ミユちゃんはまた目を輝かせる。こちらを向いた。

「探検したの、ここだけじゃないよ。草むらの山道を登ってくと、不思議な小池があって、キラキラしてるの。まるでね、物語の中の森みたいなところ。ドレスを着たお姫様が眠ってるみたいな。ね、ヘイさん」

「そやな」

ヘイさんは、また、頭をかく。そして、自分の方を見た。

「この奥、森の中に湧き水が溜まった小さな池があってな。地元では『山の古池』と呼ばれとって、昔は、いざという時のための貯水池として使われとったらしい。けど、もう長い間、使われてへんねん。地元でも忘れられた存在やったみたいでな」

ミユちゃんは楽しそうに話を聞いている。

ヘイさんはため息をついた。

「修太君と二人、ミユちゃんを探し回った時、わしら、初めて、この山の奥に登ったんや。そうしたら、ミユちゃん、その古池におってな。ほとりに手をついて、池の中をのぞき込んどるねん。もう、わしも修太君も、慌ててしもうて……」

その時、左奥の方で物音がした。

ヘイさんは言葉を飲み込み、目を左奥へとやる。草の茂みが揺れていた。風のせいではない。何かいる。大きな生き物――まさか、クマか。

「戻ってきた」

そうミユちゃんが言ったとたん、草の茂みは大きく揺れた。茂みの向こうで、正体不明の生き物が滑る。そして、派手に転んだ。うめき声が続く。

ミユちゃんが嬉しそうに言った。

「滑った。尻餅だ」

草の茂みが更に大きく揺れた。二つに分かれる。その間から、誰かが這い出て来た。修太さんではないか。

「パパ、また、ついたね。尻餅」

「修太君、大丈夫かいな」

だが、修太さんは立とうとしない。右手でお尻を撫でていた。そして、手を止めると、その格好のまま顔を上げる。興奮気味の口調で言った。

「ヘイさん、山の古池に行ってきたんス。うちのミユが『見た』って、うるさく言うから。そうしたら、ほんとにいたんス。嘘みたいだけど、ほんとにいたんス」

「まあ、修太君、落ち着きぃな。ホトケドジョウやろ。元々は山の上の湧き水に棲んどったんやろ。それが流されて、下の湿地帯で繁殖した。別に慌てるほどのことやないがな」

「それがホトケドジョウではなくて……アレです、アレ。だから、コレ」

修太さんは謎の言葉を発し、上半身を起こした。膝をついたままの姿勢で、胸元へと手をやる。鼻息荒く携帯を取り出した。

「取りあえず、撮ってきたんス。見てもらいたくて」

三人そろって、修太さんの元へと寄った。小さな画面をのぞき込む。山の古池らしき水辺が映っていた。小さな魚が泳いでいる。

ミユちゃんが嬉しそうに膝を打つ。「やっぱり、そうだ」と言った。

「やっぱり。これ、パパがアクアパークで育ててるお魚でしょ。カワバタモロコ。ミユ、何度も図鑑で確認したもの」
「カワバタモロコ？」

ヘイさんが即座に反応した。

「そらあ、無いで。絶滅危惧種のカワバタモロコやろ。ここは千葉やで。無い、無い。奇跡でも起こらん限り、そらあ、無い」

修太さんがお尻を撫でながら、立ち上がった。

「僕もそう思ったんですけど……取りあえず、ヘイさん、一緒に山の古池に」

「まあ、そやな。修太君がそこまで言うなら、行ってみんとな」

「そうそう。確認しなくっちゃ。皆でゴーッ」

ミユちゃんは腕を振り上げ、茂みの方へと向かっていく。慌てて、その肩を修太さんがつかんだ。

「ミユはだめ。ここにいて」

「ミユ、行く。発見者だもの」

ミユちゃんは手を振り切って、茂みの方へ。修太さんは大慌て。背後からミユちゃんを抱きすくめた。そして、そのまま持ち上げる。

「放して。行くんだって」

ミユちゃんは修太さんの胸の中で大暴れ。大きく振り回した拳《こぶし》が、修太さんの顎《あご》へと当たった。だが、修太さんは幼いパンチなど物ともしない。ミユちゃんを抱きかかえたまま、自分の方へとやって来る。そして「由香ちゃん、頼むよ」と言った。

「ミユのこと、みてて。この間なんて、古池の中を思い切り、のぞき込んでたんだから。声をかけなかったら、飛び込んでたかもしんない。もう危なっかしくって」

「パパだって、転んだでしょ。危なっかしいのは一緒」

「由香ちゃん、ともかく、お願い。羽交い締めにしていいから。放っとくと、何するか分かんない」

修太さんは腰をかがめ、ミユちゃんを地面へ。が、ミユちゃんは足が付いたとたん、腕の中から抜け出した。茂みの方へと駆けていく。

「ミユちゃん、待って」

今度は、自分が背後から抱きすくめた。

「ここにいよ。ねっ」

修太さんは、ほっとしたような表情を浮かべた。そして、ヘイさんの方に目を向ける。ヘイさんがうなずいた。二人そろって、茂みへと向かっていく。

茂みの手前でヘイさんが振り向いた。

「嶋さん、頼むで」。

そして、二人はそろって茂みの中へ。

当然、ミユちゃんは収まらない。腕を振り回して、もがく、もがく、もがく。麦わら帽子をぶっ飛ばし、茂みに向かって叫んだ。

「見つけたの、ミユなんだからねっ」

だが、茂みは揺れるのみ。もう二人の姿は無い。

ミユちゃんは「ああ」と悲痛な声を上げた。一気に脱力。肩を落として、へたり込む。そして、力なく「お姉ちゃん」と言った。

「手、放していいよ。もう暴れないから」

「え、でも」

「分かってるの。大人って、いつも、こうなんだから。自分達ばっかり」

ミユちゃんは「ずるいよね」とつぶやく。そして、揺れる茂みを見つめ、大人びたため息をついた。

第二プール　絶滅『危惧』種の日

一

ホテルのラウンジでは、ピアノの生演奏。そして、向かいの席には、ケーキを嬉しそうに見つめる修太。そんな修太の前で自分は緊張している。

梶は修太と一緒に千葉湾岸ホテルにいた。

結婚について、修太にいろいろと相談したいことがあるのだ。だが、いきなり、その件を切り出すのも、どことなく抵抗感がある。取りあえず、仕事の打ち合わせ名目で、修太をアクアパークから連れ出した。仕事の話を手早くすませ、そのあと、世間話へと誘導するのだ。そして、頃合いを見て、結婚についての話を持ち出す。それでいくしかない。

平静を装いつつ、まずは手を胸元へとやる。おもむろに手帳を取り出すと、修太はいきなり核心を突いてきた。

「なんで、こんな所で打ち合わせすんの？　しかも、ケーキをおごってくれるなんて。なんだか、ちょっと、怖いよね」

何も飲んでいないのに、むせた。手帳がテーブルへと落ちる。慌てて、手に取り直して、軽く咳払い。「気分転換」と言い切った。

「たまには、こういう所で打ち合わせするのも、悪くはないだろ。ケーキをおごるのは、ビオトープの慰労と祝い。まだ早かったか」

「おごってもらえるなら、何でもいいよ。話の内容もこだわんない。仕事の件でも、プライベートでも。では、どうぞ」

修太はフォークを手に取った。が、なぜか、イチゴケーキの上のイチゴを取り除く。そして、フォークをケーキ本体へ。

梶はまた咳払いした。

「話の前に……イチゴのケーキ、好きだったよな」

「好きだよ。大好物。でも、いろんな食べ方があるの。まあ、気にしないで。話をどうぞ」

これ以上、突っ込むのは止めておこう。

梶は仕事の話から切り出した。

「まずは、例の古池の件。カワバタモロコがいたって話。それって間違いないのか」

「間違いないって」

修太はフォークを置いて、手を胸元へやった。携帯を取り出し、テーブルの上へと置く。得意げに「ほら」と言った。

「見てよ。動画で撮ってるから。これを見れば、一目瞭然」

小さな画面には水辺の草むら。水がきらめいている。これが『山の古池』らしい。

確かに、魚影らしきものが見えている。

「どう見たって、カワバタモロコ。一目で分かるでしょ」

「いや、分からない」

「絶対、カワバタモロコだよ。そうでなければ、僕、水族館なんて辞めちゃう——なんてね。実は、僕、このあと網ですくって間近で見てんの。で、ちゃんと確認してるんだよね」

修太は動画を止めて、画面を操作。画面は一転、写真へと切り替わった。網の中に銀色の小さな魚。確かに、カワバタモロコのように思える。だが。

「本当にカワバタモロコか。絶滅危惧種で、しかも、生息確認域外だぞ。あまりにも考えにくい。本当なら、奇跡の発見なんだから」

「カワバタモロコであること自体は、間違いないよ。ヘイさんにも確認してもらったし。でも」

修太は初めて困惑の表情を見せた。

「奇跡の発見なのか、はたまた、誰かが『やっちゃった』結果なのか——どちらなのかは、分かんない。だから、この時、ちょびっとヒレを頂戴してさ、それを房総大学のラボに出してあるの。で、今、調べてもらってる。来週には、その結果が戻ってくると思うんだけどね」

「来週か」

手帳に日程を書き込んだ。結果によっては、事はアクアパークの中だけでは収まらなくなる。海遊ミュージアムに加え、房総大学も参加する三者共同のプロジェクトとなるに違いない。

「そんなことよりさ」

修太はケーキを口に放り込む。テーブルへと身を乗り出した。

「あの件、どうなった？　あの件」

「あの件？」

「ヘイさんの件だよ。アクアパークの嘱託《しょくたく》になってもらうって件」

「問題ないと思う。ヘイさん自身も乗り気だよ。海遊ミュージアムでは非常勤だから、海遊ミュージアムとアクアパークの二館を兼務する嘱託という形でいけると思う。今、倉野《くらの》課長のところで、嘱託契約の書類を用意してもらってる」

「助かるよねえ」

修太は楽しそうに身を揺すり、再び手をケーキへ。頬張りつつ「僕じゃだめなんだよ」と言った。

「地元のおじちゃん、おばちゃん相手には、やっぱり、ヘイさんなんだよねえ。ヘイさんが言うとさ、納得してくれる。結構、面倒くさいことでも進んでやってくれるんだよ。こういう話って、うまく説明しないとさ、地元の人達の意見が割れちゃうんだよね。で、いさかい事にまでなったりする。僕、そういう人間相手のゴチャゴチャって、苦手だから。うまくさばけないんだよねえ」

修太はケーキ本体を平らげ、顔を上げた。そして、まじまじと自分の顔を見つめる。感慨深げに「変わったよねえ」と言った。

「梶なんか、もっと人間嫌いって感じだったのに。ピリピリしててさ、『俺に近寄るな』って雰囲気が漂ってた。変われば変わるもんだよねえ」

「別に……変わってないと、思う」

「変わってるよ。昔の梶ならさ、男二人でケーキなんて、ありえない」

言葉に詰まった。

修太は笑いつつ、手をフォークへとやった。が、もう皿の上にケーキは無い。あるのは、最初に取り除いたイチゴのみ。修太はそれをフォークで刺すと、おもむろに口の中へ。そして、この上もなく幸せと言わんばかりの表情を浮かべた。

「やっぱり、ケーキはイチゴショートだよねえ」

「それって、イチゴショートじゃなくて……イチゴとショートだろ」

「甘い物って、食べ終わると、すぐにまた次の物が欲しくなるでしょ。でも、こうすると、最後のイチゴで口の中がさっぱり。お口直し不要ってわけ……って、そんなことは、どうでもいいの。で、何？」

「何って、何が」

「男二人でこんな所に来てさ、ケーキを食べて、打ち合わせ終了じゃないよね。だいたい、こういったところは、梶も由香ちゃんも似てんだよ。もうミエミエ。で、何？　僕にききたいこと、あるんでしょ。本題に行こうよ、本題に。仕事の話なんて、どこでもできるんだしさ」

そう言ってもらえると、こちらも切り出しやすい。そもそも、そのために修太を連れ出したのだから。取りあえず、仕事の手帳は胸元へ。代わりに、買ったばかりのメモ帳を取り出した。

「あの、アレなんだけど、アレ」

「アレ？」

「新婚旅行。どこに行った？」

「それかあ」

修太はがっかりしたように身を崩した。

「僕のケースは、参考になんないよ。でもね、参考になることが一つ。旅行先について、二人で話し合っても、絶対に決まんない。僕さ、本当はアマゾンに行きたかったんだよ。こういう時でないと、行けないからねえ」

「アマゾンって、南米のアマゾン川か」

「そう。巨大魚ピラルクの『赤』を見たくてね。野生だと、ほんと鮮やかな赤に発色するんだよ。でも、反対された。『行くなら、一人で行け』とまで言われちゃった。それじゃあ、新婚旅行になんないよね。で、北海道の摩周湖と沖縄県の石垣島」

「で、どっちに？」

「どっちも行ったよ。一気に北から南へ。一気に両方に行くと、肌で分かるよね、生態系の違いってのが」

梶はため息をついた。さすが、修太だ。修太らしすぎて、参考になりそうにない。だが、ききたいことは、他にもある。

「じゃあ、話を変えて……実家のことについてなんだけど。その、相手側……相手側の実家には、結婚について、どう切り出したんだ？」

「それも参考になんないよ。僕、嫁とは高校の頃からの知り合いだもの。大学の頃には、もう向こうの実家に出入りしてた。そもそも、僕、嫁本人には正式にプロポーズしてないしね」

「してない？」

「ちょうど就職がアクアパークに決まった時にさ、向こうのお母さんとリビングで茶飲み話してたんだよ。その時に、カマかけられた。『で、式はいつするの』って。で、つい、言っちゃったんだよね。『一年くらいのうちには』って。その時、嫁はキッチンで洗い物してた。だから、嫁のやつ、今でも文句ブツブツ。『私、プロポーズされてない』って」

「修太って……やっぱり修太だな」

「当たり前でしょ。だいたい、結婚なんてさ、人それぞれ。結婚までの経緯も、家庭の事情も、全員違うんだから。中でも、実家関連の事柄って、そうだよねえ。まあ、梶と由香ちゃん、特にややこしそうだけど。でも」

修太は自信ありげに胸を叩いた。

「何でもきいて。二人のためなら、何でも話すから。役に立つかどうかは分かんないけどね」

確かに、こんな機会はめったにない。それに、こんな話を相談できる相手なんて、修太しかいないのだ。言葉に甘えるしかない。

手を自分のケーキ皿へ。修太へと押しやった。

「じゃあ、報酬を追加。相談も追加するぞ」

「了解。そうでなくっちゃね」

ききたいことは、山ほどある。

梶はメモ帳へと目を落とした。

2

今日もバックヤード。水槽棚の組み立てを手伝っている。

由香はドライバーを置いて、立ち上がった。

「修太さん、最後のネジ、締め上げました。組み立て完了です」

足元には二台目となる金属棚。修太さんは工具を置くと、手を払い、床に横たわる棚を満足げに見つめた。

「オーケー。じゃあ、立てようか。壁際に設置しよ」

二人で棚を起こして、壁際へ。一台目の横に置く。おもむろに、修太さんがネームプレートを貼った。

『第二保全水槽』

「古池のカワバタモロコ、ここで育てるんですか」

「分かんない。まずは、古池の環境維持が先決だから。ただ、池ってね、川よりもずっと孤立した環境なんだよ。しかも、狭い。狭くて孤立——そんな条件の中で、絶妙なバランスが成立してんの。逆に言うとさ、簡単に壊れちゃうバランスってこと。だから、いつでも対応できるよう、準備はしておかないと」

「気合い入ってますねえ」

「僕だけじゃないよ。ヘイさんもそう。ヘイさんに説明を受けた地元の人達もそう。そうそう。昨日、地元の人からメールで写真が送られてきてさ」

修太さんは携帯を取り出し、画面をこちらへと傾けた。

写っているのは、例の湿地帯。だが、光景が少し違っている。奥の草むらが短く刈り込まれ、すっきりとしているのだ。

「ここって、この間、僕が転んで尻餅をついた所。草と草の間に、丸太の段があるでしょ。これって、地元の人がやってくれたんだよ。まだ、途中までらしいけどね」

山道などで、よく見かける丸太の階段だ。これなら、転《こ》ける心配はない。

「確かに、地元の人達も気合い入ってますねえ」

「絶滅危惧種の二種同時発見だからね。詳しいことは分からなくても、なんとなく、すごそうに聞こえるでしょ。地元の新聞社も来たみたい。テレビでも地元ニュースとして流れたって」

「テレビでも？」

「この辺りは有機米の産地だからね。その宣伝文句にしたい、という狙いもあるんじゃないかな。『深い森の中、忘れられた小池がありました。そのきらめきの中に、絶滅をまぬがれた生き物が生き延びていたのです。ひっそりと』――なんて、絵になりそうでしょ。簡単じゃないけど、観光名所を狙ってるのかもしれないねえ」

「じゃあ、地元振興にもなりますね。全てがプラス。いいですねえ」

「いや、こういうことって、プラスもあれば、マイナスもあるんだよ。でも、せっかくの熱意に水はさせないからね。地元の人の熱意って重要だから」

修太さんは複雑な表情を浮かべた。そして頭をかきつつ、第一保全水槽の前へ。顔を寄せて、水槽をのぞき込んだ。自分も、その横へ。同じようにのぞき込む。

カワバタモロコは今日も元気だ。水草の間でリズム良く泳いでいる。中でも小さめのカワバタモロコが水槽の縁まできて、こちらを見た。そして、口をパクパク。

地味でもいいかしら？

「いいよねえ」「いいですよねえ」

「いやされるよねえ」「いやされますよねえ」

「でも」

修太さんは身を起こした。

「家に帰ると、そうじゃないんだよねえ」

「どうしてですか。奥さんとケンカ中？」

「ミユだよ、ミユ」

修太さんはため息をついた。

「うるさいんだよ。これで有名になれるって。一日中、歌ってる」

「歌ってる？」

「咲子ちゃんが指揮してた『カワバタモロコ・ロック』だよ。『あたいの名前はカワバタモロコ♪　女優やないのよ。魚やの』って歌。あれ、サビの箇所で腕を突き上げて『生き抜くで、へイッ』ってやるでょ。一日中となると、もう、うるさくって」

「でも、気持ちは分かります。小学生が発見ですよ。絶対、話題になりますよ」

「無理でしょ」

修太さんは肩をすくめた。

「絶滅危惧種の発見ってね、きっかけは、たいてい、ごく普通の人の目撃情報なの。特に子供かな。子供って、ある意味、一途《いちず》なんだよ。たとえば、自然観察会とかで身近な絶滅危惧種を紹介するでしょ。で、『見かけたら連絡してね』と言うと、しばらくの間は、本気で探してくれる。だから、海遊ミュージアムの保全パンフレットも、子供を意識して作ってあるの。全部、フリガナが振ってあるもの。そういうわけで、発見者が小学生でも、別に珍しくは……」

その時、鋭い音がバックヤードに響いた。

自分の携帯ではない。修太さんの携帯だ。修太さんは手を胸元へ。鳴り響く携帯を取り出し、画面を確認する。「吉崎姉さんからだ」とつぶやき、首を傾げた。

「何だろ。かかってくることなんて、めったに無いのに」

そして、「はい、はあい」と能天気に電話へと出る。そのとたん、横にいる自分にまで荒々しい声が聞こえてきた。

「修太か。どこにおる？　館内か？」

なにやら鼻息が荒そうだ。耳を携帯へと寄せ、聞き耳を立ててみた。

「修太、あんた、最近、房総大学のラボに検体を送ったわな」

「ああ、先週。カワバタモロコのやつ」

「その時、ペンギン舎の専用封筒を使こうたわな」

「周年行事の時、作ったやつでしょ。書類倉庫にいっぱい余ってたから。あれって、クッション封筒だし、検体を送るのに、ちょうどいいんですよねえ」

「そんなことするから、向こうが勘違いするねん」

「勘違い？」

「結果がペンギン舎に来たんや。ペンギン舎専用のメールアドレスあてに。何やろと思うて、見てしもうたがな。見てビックリ、読んでシャックリや。思わず、一人で大声上げてしもうた。そうしたら、イルカプールにおったチーフと磯川《いそかわ》さんも来てな。今、皆で大騒ぎしとるところやねん」

「あの、それって……」

「あんたも、早《は》よう、こっち来《き》ィ。ペンギン舎横の小部屋や。ほなな」

電話は切れた。

修太さんが自分の方を向く。戸惑い気味に「聞いた？」と言った。

「吉崎姉さん、鼻息荒かったよね」「荒かったです。今迄《まで》で一番」

「皆で大騒ぎって、言ってたよね」「言ってました。間違いなく」

「ともかく行こっ、由香ちゃん」

そう言うなり、修太さんはバックヤードの出口へ。が、かなり慌てていたらしい、足を床のホースに引っかけた。が、山道のように転びはしない。子供のようにケンケンしつつドアの方へ。ノブへとしがみつき、体勢を立て直した。ドアを開けると、廊下へ飛び出していく。

自分もこうしてはいられない。

由香は修太の背を追い、バックヤードを出た。

3

細長い小部屋の奥には、据え置きの大型パソコン。その両側にチーフと磯川先生が立って、画面を見つめている。吉崎姉さんはパソコン前の丸イスに座り、画面を操作していた。

「これが送られてきた資料や。まあ、見てみ」

由香は修太と一緒に画面をのぞきこんだ。

画面には、なにやら難しい専門用語が並んでいる。横文字も数字もやたらと多い。自分には何のことやら、さっぱり分からない。

だが、チーフは感慨深げに息をついた。

「何度見ても、すげえな。なかなか、お目にかかれるもんじゃねえや」

姉さんが続く。

「偉大なる発見でっせ。地味やけど」

更に、磯川先生が続く。

「地味であっても、すごいですよ。これは」

修太さんは身を起こすと、誇らしげに胸を張った。

「すごいでしょ」

何なんだ、この会話は。まったく、ついていけないではないか。自分だけが完璧に取り残されている。取りあえず、取り繕わねば。

由香は慌てて身を戻し、わざとらしく手を打った。

「すごいです。すごい。でも」

うそは、つけない。

「あの、いったい、何が」

一斉に非難の声が返ってきた。

「分かってねえのに、感心すんじゃねえや」

「いや、役者でっせ。ちゃんと興奮気味に言っとりましたがな」

「僕は気づきましたよ。なんと言っても、嶋君ですからね」

「由香ちゃんらしいですよねえ」

返す言葉無し。黙ってうつむく。

チーフが笑うような息を漏らし「仕方ねえ」と言った。

「修太、ちょっとお姉ちゃんに説明を……いや、おめえだと説明がマニアックになりすぎていけねえや。吉崎、ちょいと説明してやってくんねえか。お姉ちゃんにも分かるようにな」

「了解。ほな、分かりやすうに」

吉崎姉さんは手をキーボードへ。画面は一転、青い地味なページへと切り替わる。その上部にはタイトルらしきものがあった。

『絶滅危惧種データベース』

そのタイトルの下には、検索用の空欄。キータッチの音と共に、空欄にカタカナが並んでいく。

『カワバタモロコ』

画面は瞬《まばた》き、カワバタモロコの写真へと切り替わった。写真の下に、生息地の様々なデータが並んでいる。

「ええか。カワバタモロコは今や絶滅危惧種。生息地のトウゲンは東海地方や」

「トーゲン？」

「東限。東の端や。言葉で説明するよりも、地図で見た方が早い」

姉さんは画面を下へとスクロールしていく。すぐに、日本地図が出てきた。所々が青色で塗ってある。

「この青く塗ってある場所が、生息が確認された所や。見ての通り、かなり飛び飛び。それぞれ孤立しとる。『この川と、その支流にしかいません』『この池だけで発見されました』というケースが多いんや。淡水系絶滅危惧種の特徴と言うてええ」

姉さんはその右端の辺りを指さした。

「で、カワバタモロコの場合、最も東の生息地は東海地方。駿河《するが》湾に注ぐ瀬戸川《せとがわ》の水系や。そやけど、今回、見つかったのは」

画面をさす指が右へと動いていく。

指は房総半島で止まった。

「千葉の南房総やろ。地図で見たら、一目瞭然やがな。もう、理屈がつかんほどに離れとる。どう解釈すればええ？　一番分かりやすい答えはこうや——誰かがカワバタモロコを連れてきて、例の古池に放った。それなら分かるわな」

「けど、あの古池、地元の人達でさえ、忘れてた場所なんですよね」

「その通り。そこで、修太は調べた」

「調べた？　何を？」

「カワバタモロコの系統をや。修太から聞いたんと違うか。淡水系の魚は、海の魚みたいに自由に行き来はできん。で、長い年月の間に『系統』が——別の言い方をすれば、『個体群』が出来上がる」

頭の中に、保全水槽の光景が浮かんできた。佐賀塩田川系、兵庫揖保川系、加古川系……水槽は全部で六つ。あのそれぞれが系統であり、個体群なのだ。

「系統を確定する方法はいろいろあるけどな。まあ、一番、確実なんは遺伝子まで調べるこっちゃ。系統ごとに違いがあるんでな」

「じゃあ、今回はそれを？」

「調べた。もし、連れられてきたカワバタモロコなら、どういう結果が出る？　既に知られとる遺伝子パターンのどれかと一致するわな」

姉さんは再び手をキーボードへとやる。画面は切り替わって、先程の難解な資料へ。姉さんは画面の真ん中辺りを指さした。

「この辺りが、その結論部分や」

横文字と数字ばかりの部分ではないか。結論と言われても……それが何を意味しているのか、さっぱり分からない。

「これは専門的な報告書やからな、ごちゃごちゃと細かなことまで書いてある。けど、要は『遺伝子を調べてみたところ、どの系統とも一致しませんでした』っちゅう結論や。つまり、今回のカワバタモロコは、今まで知られてなかった系統である可能性が極めて高い。で、皆そろって、ビックラこいたってわけやがな」

　それって、すごいことなのか。

　話が難しくて、感想も出てこない。瞬きしつつ、黙って姉さんの顔を見つめた。姉さんは焦《じ》れったそうに身を揺する。「ああ、もうっ」と言った。

「もっと分かりやすうに言うたるわ。正確性よりもインパクト。こっちの方がええ。見てみ」

そう言うと、姉さんはまたまた手をキーボードへ。画面が切り替わった。

『日本淡水魚図鑑』

姉さんは解説文の冒頭を指さした。

『カワバタモロコ。日本固有種。生息域は極めて局所的で、かつ、限定されている。現状、東海地方（瀬戸川）以東には存在せず……』

「これは日本で一番普及しとる淡水魚の図鑑や。ええか。こういう説明が、全て書き換わる」

「書き換わる？」

「生息域の東部限界線は一気に南房総へ。今まで知られてなかったカワバタモロコが、なんと、南房総の田舎に存在したんや。奇跡の個体群――南房総古池系の新発見。これからは、片っ端から定説がくつがえっていく。うちらは、今、図鑑が書き換わる瞬間に立ち会うとるんや。地味やけど、身が震える瞬間なんやで」

ようやく分かってきた。言葉が漏れ出る。

「す、ご、い」

「なんだ、そりゃ」

チーフが笑った。

「どのくらい遅れて、驚いてんだ。それに、いったい、何に感心してんのか、分かんねえや。まったく、おめえってやつは……」

チーフは言葉をのみ込んだ。胸元で携帯の震動音がしている。

「悪いが、ちょっと出させてもらうぜ」

チーフは携帯を取り出し、画面を確認した。「ヘイさんからよ」とつぶやき、電話へと出る。そして、勢いよくしゃべり出した。

「転送した資料、ご覧いただけましたんで？　ええ、えれえことになりやした。房総大学の研究室にも連絡をと……そうなんでっさあ。これからは、地元の人達への説明が大変で。なんとかして、この重要性を理解してもらわねえと……来週、こちらに？　そいつあ、ありがてえや」

チーフはひとしきり話し込んで、電話を切った。そして、即座に修太さんへと向く。

「忙しくなるぜ」と言った。

「海遊ミュージアムとの共同プロジェクトは確定よ。海遊ミュージアムだけじゃねえ。淡水系の研究者なら、皆、興味を持つだろ。だが、一番大変なのは、地元の人達とのやりとりよ。もっと細かく丁寧に、やんなきゃな。ヘイさんも全力で手伝ってくれる。次は、梶も連れて行きな。こうなりゃあ、もう総動員しねえとな」

修太さんは大仰に敬礼。嬉々とした声で「了解」と言った。

「では、チーフ。活動予算の方、たっぷりお願いしまっス」

「そいつあ、倉野に言ってくんな」

「お願いしまっス」

修太さんは引き下がらない。チーフは根負けしたように頭を振った。

「仕方ねえな。趣旨と概略くれえは、俺から話しとかあ。館長も巻き込みゃあ、何とかなんだろ。ただし、細かな予算明細までは無理だぜ。細かな詰めは、修太、おめえがやってくんな」

修太さんは敬礼の姿勢のまま「イエッサー」と返答。腕を戻すと、「では」と言った。

「これから、早速、第二保全水槽の整備にかかりまっス。まだ、棚を組み立てただけでして。つきましては、引き続き、由香ちゃんを手伝いにお借りしたいっス」

「いや、お姉ちゃんには、お姉ちゃんの仕事が……」

「今、総動員とお聞きしたっス」

チーフは再び根負け。「分かったよ」と言った。

「ただし、修太、その作業は午後からにしてくんな。このあと、ちょいと、おめえと話があんだ。小会議室は、今、詰まってるからよ、資料室辺りで、どうでえ」

「あの、チーフと二人で?」

　修太さんは急にたじろぐ。

　チーフは顔をしかめ「いろいろあんだよ」と言った。

「裏で秘密の作戦をねらなきゃな。となりゃあ、二人だけで話してえことも出てくんだろ。それとも、俺と二人での打ち合わせ、そんなに嫌か」

「嫌じゃないっス。でも、覚悟はいりまっス」

「二人で話をするくれえで、何を言ってんでえ。馬鹿を言うんじゃねえや。お姉ちゃんなんて、毎度だぜ。気楽なもんよ。なあ」

　チーフの視線が向かってくる。

　考えるまでもない。即答した。

「毎度、覚悟しつつ、話を聞いています」

　姉さんと磯川先生が吹き出した。一方、チーフは苦笑い。白髪交じりの短髪頭をかき、天井を見上げて「中間管理職はつれえなあ」とつぶやく。そして、顔を戻すと、こちらを向いた。

「どうでえ。一度、立場を入れ替えてみねえか。好きに振る舞っていいから」

　とんでもない。

　由香は即座に首を横に振った。

4

夏休みが過ぎると、水族館では何もかもが一変する。ほっと一息つけるシーズンになるのだ。だが、今年は違っている。

由香はイルカ館控室の窓際にいた。青空を見つめつつ、大きく伸びをする。夏休みが過ぎても、楽にはならない。日中には修太さんの手伝いがあり、夜には結婚の下調べがある。おまけに残暑。厳しい暑さが続いている。

「ねえ、ヒョロ。暑くない？」

部屋奥から、怒鳴るような声が返ってきた。

「由香先輩がエアコン切るからですっ」

「そうだよねえ。でも、湿度は高くないから」

日差しの中で、由香は目を細めた。

この時期の冷房は好きではない。ここは一つ、若いヒョロに我慢してもらうことにしよう。勝手な結論を出して、室内へと向き直った。ヒョロは作業テーブルに扇風機を置き、その横で電卓を叩いている。

さて、どうしようか。

自分の席には、手つかずの書類が置いてある。その書類とは後期のトレーニング計画書。提出を延ばしに延ばし、ついにチーフに期限を切られた。その期限は今日の夕刻。だが、夕刻には休耕田ビオトープの発足式がある。現地には自分も行かなくてはならない。

「誰か、代わりに、やってくんないかな」

暑くて、忙しい。となれば、誰もが現実逃避したくなるものだ。そして、いったん逃避モードに入れば、もう何もかもが面倒くさくなる。追い詰められることが分かっていても、つい放置。そして、目の前に期限が迫る事態に。こうなれば……。

おもむろに足を作業テーブルへ。由香は向かいに座るヒョロに話しかけた。

「ねえ、ヒョロ。今、何してんの？」

「夏の間の給餌量《きゅうじ》、集計してますっ」

「なんで、そんなことやってんの？」

「由香先輩がやらないから、ですっ」

ごもっとも。

ヒョロは飼育日誌をめくりつつ、手元の書類に数字を書き写している。イルカは冬に備えて皮下脂肪を厚くする。秋口からは少し給餌量を調整せねばならない。そのために夏の間の給餌実績を集計しているらしい。面倒な作業には違いないが、計画書などを作るよりは、そちらの方がいい。

そっと計画書を押しやった。

「ねえ、ヒヨロ。一度、トレーニング計画、作ってみない？」

「作りません」

「それ、私がやるから」

「集計を途中で交替すると、わけ分かんなくなりますから」

「トレーニング計画ってさ、自分で作ってみると、勉強になるよ。のちのちの役に立つ。いや、ほんとよ。ほんとのほんと」

「なら、由香先輩がやって。自分の勉強のために」

「ね、怒ってる？」

「怒ってませんっ」

「怒ってるでしょ」

「仕事してますっ」

さすがに、これ以上、押しつけるのは無理のようだ。あきらめるしかない。それを待っていたかのように、背後で物音がする。控室のドアが開いた。

「由香ちゃん、いる？　出発しよっ」

修太さんだった。

「何やってんの。イルカプール関係の仕事？」

修太さんは傍らへと来る。白紙の計画書へと目をやった。

「ああ、これ。急ぐ仕事じゃないよね。少しぐらい放っておいても、大丈夫だって」

「いや、既に、散々、放っておいたあとなので」

「以前のやつをコピーして、貼り付けとけばいいの。由香ちゃんの得意技。よくやってるでしょ」

「よくやってはいますが、得意技というわけではありません。念のため」

「今回も、それでやればいいって。ちょっと早いけどさ、出発しようよ。ヘイさん、もう現地に到着したみたいでさ。さっき、その電話があってね。僕も慌てて仕事を棚上げにしたんだよ。で、ここに来たってわけ」

「え、もう、到着されたんですか」

慌てて、壁の時計を確認した。早い、早すぎる。出発予定まで、まだ一時間半もあるではないか。

「梶がね、千葉湾岸駅まで車でヘイさんを迎えに行ったんだよ。そうしたら、早く現地に行きたいって言われたらしくて。で、そのまま現地へと直行。二人そろって、現地に着いたって」

「あの、先輩も発足式に出るんですか」

「当然でしょ。海遊ミュージアムとの共同プロジェクトになることは、ほぼ確実なんだから。仲介役の梶がいないと、始まらない。それに、そもそも、今日は関係者が全員、集まることになってんの。地元の人達はもちろん、教育委員会の人達も、学校関係者の人達も」

「あの、休耕田ビオトープの発足式をやるだけですよね」

「正確に言うと、それだけじゃないんだよ。『休耕田ビオトープの発足式』に加えて、『絶滅危惧種保護プロジェクトの発表会』。それに『奇跡のカワバタモロコ祝賀会』。そうそう、『房総大学、海遊ミュージアム、アクアパーク、三者共同研究の非公式初会合』でもあるから」

覚えられない。

「ともかくね、今日は大事な日なの。いろんな関係者が集まる。僕達が遅れて行くわけにはいかないでしょ。早めに行って、迎えるぐらいでないと、失礼に……」

修太さんが言葉をのんだ。作業テーブルで携帯が鳴っている。

自分の携帯だ。

修太さんに、一言、断って、鳴り響く携帯電話を手に取った。電話へと出る。先輩の声が聞こえてきた。

「今日の発足式、おまえも来るんだったよな」

「その予定です。そのことで、今、ちょうど修太さんと話してたところでして。あの、先輩は、今、どこに？　もう休耕田ビオトープにいるんですか」

「ああ。着いたのは四十分くらい前かな。今、ヘイさんと一緒にいる。修太がそこにいるなら、伝えてくれないか。『早めに来て欲しい』って」

「あの、早めって、何か事前に打ち合わせでも？」

「来れば分かる。電話で話す内容じゃない」

「大事な話なら、修太さんと替わりましょか。今、目の前にいらっしゃいますけど」

「いや、修太とはいい。その……修太には……直接、話しにくい事柄なんだ。でも、来れば分かるから。じゃあな」

それだけで電話は切れた。切れた携帯を見つめつつ首を傾げる。

修太さんが怪訝そうな顔で「どうかした？」と言った。

「梶のやつ、何て？」

「いや、それが……早めに来てほしい、と言うだけで、あとは何も。電話で話す内容じゃないって。修太さんに話しにくい事柄って言ってました」

「何だろうねえ」

修太さんも首を傾げた。

「地元の人達の間で、いさかいが起こったのかも。僕、そういうの苦手だから。でも、結構あるんだよ。黙って見ていた人が、直前になって突然、横槍を入れてくるの。地元の人達と言っても、同じ意見を持つ人達ばかりじゃないからねえ」

「でも、校長先生って、元々、地元の人でしたよね。だから、この話、特に問題もなく、スムーズに進んでたんじゃ？」

「実は、この間、校長先生に会った時、気になって尋ねてみたんだよ。すると、笑って『そっちの方は問題ないから』って。でも、まあ、村内部の対立なんてさ、あっても、第三者には無いフリするもんだからねえ」

「じゃあ、もしかして……私達が仲裁に？」

「分かんない。さすがに、そこまでは無いとは思うけど。まあ、梶も『早く来い』って言ってんだからさ、ともかく行こ」

トレーニング計画書へと目をやった。

どうせ、ここに座っていても、良い知恵は浮かばない。ならば、気分転換。いざとなれば、『昔の計画書の切り貼り術』を使えば良いのだ。むろん、得意技というわけではないが。

由香はヒョロの方を見やった。

「じゃあ、出かけてくる。あとのこと、お願い」

「あの、トレーニング計画は？　最近、チーフ、僕に催促してくるんですぅ」

「大丈夫。チーフの催促は五回までオーケー。それを越えない限り、怒り出さない」

「今、何回目？」

「五回目」

「限度に来てますぅ」

「心配ないって。だいたいね、怒りだしてから、二回くらいは、まだいける。いざという時は、私が怒られるから。だから、大丈夫」

修太さんが笑った。

「たくましいねえ。まあ、こういうところは、以前から、たくましいけど。ほんと、ますます磨きがかかってるよね。やっぱり、アレ、決めたからな。梶と結……」

その話はストップ。

修太さんの腕を取った。

ヒヨロには、まだ、結婚のことを言っていない。今はヒヨロに仕事を振りに振っている状況。知られれば、何を言われるか分からない。全てを結婚のせいにされることは間違いない。

「早く行きましょ。早く」

由香は修太を引きずるようにして廊下へと出た。

5

修太さんと二人、休耕田ビオトープの畦《あぜ》に立つ。誰もいない。

由香は周囲を見回した。

「あの、いさかいどころか、人の声もしないいんですが」

「林の中の湿地帯じゃないかな。行ってみよ」

修太さんと一緒に畦道を歩いていった。そして、休耕田の片隅へ。山側の土手には古い石段がある。二人一緒に足を止め、石段の先を見上げた。

石段は林の中へと続いている。人の声は聞こえてこない。

「あの、やっぱり、静かなようなんですが」

「分かんないよ。行ってみなきゃ」

そう言うと、修太さんは足を石段へ。一歩一歩上がっていく。取りあえず、その背に従った。すぐに、二人そろって林へと到達。木漏れ日が湧き水の水面できらめいている。だが、誰の姿も無い。

「おかしいなあ」

修太さんは首をひねった。

「梶、電話で、現地にいるって言ってたんだよね」

「間違いないです。ヘイさんも来てるって」

「ヘイさんも、電話でそう言ってた。と言うことは、二人ともいるはずなんだけど。どこだろ。そうか。もしかして」

修太さんは林の奥へと目をやった。丸太階段の山道が見えている。

「山の古池にいるのかも」

「でも、今日の趣旨って、ビオトープ発足がメインですよね」

「まだ時間はあるからね。それに、いろんな趣旨の中でも、奇跡のカワバタモロコは一番の目玉。ヘイさんも、梶も、様子を確認しておきたいに決まってる。ともかく行ってみよ」

修太さんと丸太階段へ。由香は山道を見上げた。

「随分と整備されましたねえ」

写真で見た時よりも、丸太の数が多い。周囲の草もきれいに刈り取られている。これなら、苦労せずともたどり着けそうだ。少なくとも、滑って尻餅をつくことはない。だが、修太さんは浮かぬ顔付きをした。

「整備されすぎかもしんない。何もなければいいけど」

意味不明の言葉をつぶやくと、修太さんは山道を上がっていく。少し間隔を空け、自分も続いた。山肌はよく踏み固められている。そして、傾斜が厳しい所には丸太。周囲は刈り取られ、視界も良好。頭上には木々の枝葉が張り出し、強い日差しを遮っている。湿地帯のように蒸すこともない。快適と言ってよいくらいだ。だが。

行き止まりだ。

由香は足を止めた。真正面に細長い草が生い茂っている。他に道は見当たらない。どこかで道を間違ったのではないか。

「修太さん、もしかして、私達、迷子に?」

「大丈夫。あの茂みを抜けたところが、山の古池なの。たぶん、わざと、茂みを刈り残してるんだと思う。舞台の緞帳《どんちょう》みたいに」

再び意味不明の言葉。だが、聞き返す間もなく、修太さんは手を茂みへ。かきわけて、その中へと入っていく。その茂みを押さえて、自分も続いた。茂みの間から明るい光が漏れきている。すぐに開けた場所へと出た。

ここが山の古池か。

修太さんが「舞台の緞帳」と言った理由が分かった。まるで、丸い舞台のような場所なのだ。周囲はうっそうと茂る薄暗い森。古池の周囲だけが、円状に開けていて、明るい日差しが降り注いでいる。確か、ミユちゃんは『物語の中みたい』と言っていた。言い得て妙かも知れない。深い森の中に、キラキラと光る忘れられた小池。幻想的な光景が目の前にある。

「ああ、修太君か」

そんな光景の中に、ヘイさんがいた。水辺でかがみ込んでいる。その隣には、先輩。同じようにかがみ込んでいた。二人とも、なぜか、表情が硬い。

「修太君、まあ、こっちに来《き》ぃや。見てみ」

修太さんは戸惑いつつ、小池のほとりへ。二人と同じように水辺にかがみ込む。そのとたん、呻《うめ》きのような声を漏らし、地面に手をついた。身を乗り出して、水の中をのぞき込む。そのまま、修太さんは動かなくなってしまった。

先輩が自分の方を向く。

「おまえも来い。見ておいた方がいいと思うから」

由香は首を傾げた。

いったい、どういうことなのだろうか。魅惑的な場所で、奇跡の大発見。もっと明るく、楽しそうにすれば良いではないか。戸惑いつつ、自分も小池のほとりへ。

水の中をのぞき込んだ。

透明度は高い。水底で藻や水草が茂っている。だが、どこにカワバタモロコがいるのか、よく分からない。保全水槽で何度も見たから、泳いでいれば自分でも判別できる。だが、いくら目を凝らしても、それらしき魚影が無いのだ。

「カワバタモロコ、もう、池から移しちゃったんですか」

そう言った瞬間、小池の向こう側、奥の方で大きな影が揺れた。影は五つ、いや、六つか。奥の水底で悠然と揺れていた。魚影に違いない。

これは、驚いた。

秘められた自然の中で育つと、カワバタモロコもあんなに大きくなるらしい。感心して見つめていると、傍らで修太さんがため息をつく。そして、ゆっくりと身を戻し、独り言のようにつぶやいた。

「これは、この間、僕が見た古池じゃない」

「じゃない？　他にも古池はあるんですか」

「ここだよ。でも、違ってる」

「違ってる？」

「保全水槽の時に言ったかもしれないけど……池ってね、淡水系自然の中では、最も狭くて孤立してるの。で、独自のバランスを持ってる。逆に言えば、池の環境バランスって、あっと言う間に壊れてしまう。海や川では考えられないくらいの速さで」

確かに、そのことは以前にも聞いた。なぜ、改めて言われるのか分からない。黙って、修太さんの顔を見つめる。

修太さんは話を続けた。

「先日、僕が見た光景は、まさしく奇跡だったよ。深い森、湧き水の古池、そこに新系統のカワバタモロコ。何もかもが一体となった奇跡の光景だった。でも」

修太さんはいったん言葉を区切る。少し間を置いて、言葉を続けた。

「そのカワバタモロコは、もういない」

「いない？　でも、あそこに魚影が」

「カワバタモロコじゃないよ。大きさが違いすぎるよね。あれはブルーギル。北アメリカ原産の魚。雑食性でね。何でも食べる。水辺の虫、ミミズ、水草……カワバタモロコもね」

息をのんだ。

「じゃあ、奇跡のカワバタモロコは、まさか」

「その『まさか』が起こったの。間違いない」

「じゃあ、誰かが……ブルーギルをここに？」

「おそらくね。でも、この狭い古池で、あの個体数。ブルーギル自体も数を保てないと思う」

「あの、前回、見落としてたんじゃ」

「それはないよ。外見が違いすぎて、一目で分かるもの。由香ちゃんだって、すぐに分かったでしょ。それにね、他にも、人の手が入った痕跡《こんせき》が残ってる」

修太さんは池の右端辺りを指さした。なにやら、小さくて赤っぽいものが揺れている。あれも魚影か。

「ヒゴイ、いや、あの体色だと、ニシキゴイって言っていいかな。その幼魚だろうね。もうこれは絶対的な証拠って言っていい」

「絶対的な証拠？」

「ニシキゴイって、自然界では存在しない魚だから」

また息をのむ。額に汗が滲《にじ》んできた。胸の鼓動が激しくなっている。

修太さんは赤っぽい魚影を見つめ、唇をかんだ。

「よく見るとね、尾ビレがかなり傷んでる。あれ、尾腐れって言うの。育て方をよく理解しないまま飼ってるとね、よくそうなる。珍しくはない魚類の病気だよ。きっと『元気になれ』って思って、放したんだろうね」

「でも、この古池、ずっと忘れ去られてたんじゃ。地元の人達の記憶にさえ無かった存在だったんですよね。突然、どうして」

「有名になっちゃったから。山道も整備されたしね」

意味が分からない。

怪訝な顔をしていると、ヘイさんが修太さんに代わって答えた。

「珍しい話やない。たとえば『絶滅危惧種発見の池がここに』とか報道されるやろ。

ほんま、あっという間に放たれるねん。何でなんか、わしらには見当もつかへん。『良い環境だから、手元の魚を是非』とか思うんやろか」

ヘイさんはため息をついた。

「五年前、海遊ミュージアムでも似たようなことがあった。絶滅危惧種のニッポンバラタナゴが、地元の貯水池で見つかったんや。その時は、ヘラブナとオオクチバスやったな。あっという間に放たれた。海遊ミュージアムだけのことやない。全国の淡水魚担当者が、皆、経験しとるこっちゃ。けど、あまり口にはせん。聞いて、おもしろい話やないからな」

「よくある話……なんですか」

ヘイさんはうなずく。「そやから」と言い、話を続けた。

「最近では、絶滅危惧種が見つかっても、詳しい場所は公表せんようになってきとるねん。情報隠しと非難する人もおるけど、そんなこと、わしらもやりとうはない。けど、やらんとならん。悲しいこっちゃ」

頭の中に、先日、聞いた言葉が浮かんで来た――こういうことって、プラスもあれば、マイナスもあるんだよね。

そう言って、修太さんは複雑な表情を浮かべていた。あれは、いつだったろうか。そうだ、『山の古池が地元ニュースとして取り上げられた』という話になった時だ。

きっと、あの時、この不安が頭をよぎったに違いない。

「じゃあ、奇跡のカワバタモロコは？」

今度は修太さんが答えた。

「絶滅したよ」

「絶滅って。そんなこと、目の前で起こるなんて」

「絶滅って、こんなものなんだよ。静かなの。個体群が一つ、一つ無くなっていく。そして、最後の個体群が無くなれば、それが種の絶滅。大騒ぎなんかにはならない。なるくらいなら、絶滅なんてしないから」

「でも、まだ探せば……そうだ。水底です。水底の水草の間に、稚魚《ちぎょ》がまだ隠れてるかも」

「かもしれないね。この古池を完全にさらってみないと、絶滅とは確定できないから。でも、僕が先日、確認したカワバタモロコの個体数と、今ここにいるブルーギルの個体数を考え合わせると、絶滅でほぼ間違いないと思う。そもそも、正確に確認しようとすれば」

修太さんは力なく草むらに腰を落とした。

「この池の水を、全部、抜いて、確認しなくちゃならない。となれば、排水路を再整備することから始めることになる。人手もお金も時間も、とてつもなくかかる。それがやれるかって話。現実的には無理だよね。それに、こういうことって、すぐに取りかかれないと意味が無いんだよ。仮に、稚魚が残ってても、時間をかけているうちに、結局、絶滅しちゃうから」

由香は拳を握りしめた。

頭の中にはカワバタモロコの姿がある。かわいらしく口をパクパクさせる姿が。そして、目の前には奇跡の舞台、山の古池。だが、カワバタモロコはもういない。

――私達ね、絶滅しちゃったの。

虚しき舞台空間で風が渦巻く。木々がざわめいた。水面に波が立つ。

「でもね」

修太さんがうなだれたまま言った。

「昔の自然保護活動って、こんな感じだったんだよ」

「こんな感じ？」

「そう。『命豊かな自然を目指しましょう。どんどん放流を』――ってね。だから、ブルーギルを放った人も、ニシキゴイを放った人も、悪気は無いと思うよ。むしろ、こんなことをするくらいだから、普通の人より、ずっと自然や生き物に関心を持ってる。誰の心にもあるの。『かわいい生き物』や『自分が大好きな生き物』には、良い自然環境の中で、のびのびと暮らしてほしい――ってね。で、やっちゃう」

修太さんは顔を上げて、水面を見つめる。小声で付け加えた。

「全て善意からなんだよ。だから、簡単には無くならない」

水草が揺れている。

背後の茂みで物音がした。

「やめちゃえ」

茂みの中に、ミユちゃんと校長先生がいた。ミユちゃんは顔を真っ赤にして、拳を握りしめている。仁王立ちで怒鳴った。

「自然保護なんて、やめちゃえ。『守る』、『守る』って、何？　格好つけるな。偉そうに言うな。うそつき。皆、大うそつき。大人なんて、嫌い。皆、大嫌い」

そして、地面に膝をついた。拳を振り上げ、地面を叩く。

「嫌い、嫌い、大嫌い」

更に、そのまま、うつ伏して、号泣《ごうきゅう》し始めた。激しい嗚咽《おえつ》。何か言おうとしている。だが、言葉にはならない。ただ、吠《ほ》えている。

「ミユちゃん……」

だめだ。何と声をかければ良いのか分からない。

由香は頬を強張らせた。

第三プール　ホタル・ショック

1

舗装《ほそう》農道を車は走っていく。運転席の先輩は、何もしゃべろうとしない。

由香は助手席でため息をついた。

先程までの光景は、まだ、頭の中に残っている。

結局、ミユちゃんはビオトープ発足式に出ようとしなかった。校長先生の車の中でずっと泣いていたのだ。発足式を終え、修太さんが車をのぞいた――ミユ、帰ろうか。

そして、ぐずるミユちゃんを自分の車に乗せ替え、帰っていった。それを見届けてから、先輩と自分は車でヘイさんを近くの民宿へと送り、そのまま帰路へ。かくして、今日の行事は一段落した。だが、気分は晴れない。気にならないわけがない。

由香は運転席へと向いた。

「先輩、ミユちゃん、大丈夫でしょうか」

「分からない。けど、ミユの親は修太。修太に任せるしかない」

「でも」

「誰もが、一度は、こういった壁にぶち当たるんだ。それが子供なら強いショックを受ける。そして、全てが信じられなくなってしまう。そのまま興味を失い、無関心になってしまうことも多い。そんな光景を、俺は直接、何度も目にした」

「直接？　あの、どこで？」

「学校でだよ。俺は、海遊ミュージアムに出向していた頃、何度か出前授業に行ってたから。学校の先生達とは何度も議論したよ。今の教育現場では『きれいな自然を守りましょう』といった教え方が中心。生態系云々《うんぬん》は理科授業の一項目でしかない。そこに違和感があって、先生達と議論したんだ。まあ、結局、平行線だったけどな」

「でも、『きれいな自然を守りましょう』って大切なことですよね。ゴミ拾いとかの自然保護活動につながっていくし」

「むろん、大切な考え方だと思うよ。けど、同時に『人間の目で見て、きれいであれば、それで良い』というような感覚も生む。自然の仕組みを理解したい、という思いにはつながっていかない。結局、おいしいところだけをつまみ食いするような活動になってしまう。ジレンマに陥るような矛盾に目を向けることは無い」

「それは……」

「自然とどう接するべきか——全てに共通する根本だよ。俺なら、まず、対象である自然を理解したいと思う。皆、そんなことは当たり前だと、口では言うんだ。けれど、実態は違う。実のところ、自然との接し方は『人間の道徳』として教えられている。俺には、そう思えてならなかった」

頭の中でミユちゃんが叫んでいる——自然保護なんて、やめちゃえ。

重苦しい沈黙が身を包んだ。もう先輩はしゃべろうとしない。ただ、沈黙が続く。それが段々と苦痛になり始めた頃、先輩の方から沈黙を破った。

「時間あるか。ちょっと寄りたい所があるんだ。もう近くまで来てる。いいかな」

「あの、どこへ」

「すぐに分かる」

先輩はハンドルを大きく切った。

車は舗装農道を離れ、荒れた小道へと入っていく。タイヤが砂利を踏んだ。車は左右に軽く揺れる。小道の正面に草むらが見えてきた。横切るように、小川が流れている。いや、小川ではなくて、畦道に沿って流れる水路か。いずれにせよ、ここで行き止まりらしい。だが、その手前には、駐車スペースらしき空き地がある。

「停めるぞ」

　車は空き地でゆっくりと停車。先輩はエンジンを切った。運転席にもたれ、大きく息をつく。そして、「ミユのやつ」と言った。

「今日、大泣きして、ぐずっただろ。実は……以前にも、似たようなことがあったんだ。大泣きはしなかったけど、意地になって、ちょっと、ぐずった」

「え？　以前って、いつのこと？」

「二年くらい前かな。休耕田の話が持ち上がったばかりの頃だよ。修太とミユと俺との三人で、ここに来た」

「二年くらい前……」

思い返してみた。ちょうど、先輩が長期出張で海遊ミュージアムに常駐していた頃だ。そのあと、アクアパークは海遊ミュージアムと姉妹館となった。

「地元を巻き込む活動となると、アクアパークにはあまりノウハウが無い。どうしても海遊ミュージアムの知恵を借りたくなる。けど、修太にはツテが無い。で、内々に手伝いを頼まれたんだ。俺は初回の現地打ち合わせに同席することになった」

先輩はいったん言葉を区切った。身を起こして、手をハンドルの下へとやる。ヘッドライトを消した。月明かりの中、周囲は一気に薄闇に。目が慣れてくると、次第に、周囲の様子が分かってきた。周囲には田んぼが広がっている。

「行きは修太が運転して、帰りは俺が運転。で、その時も、俺が言い出して、ここへと寄った」

「あの、ここって、どういう所なんですか」

「車から下りよう。外に出た方が分かるから」

言葉に従い、車の外へ。

先輩は視線を空き地隅へと向けた。そして、ゆっくりと腕を上げる。空き地隅を指さした。月明かりの中、立て看板のような物がある。

『ようこそ、ホタルの里へ』

歓迎の言葉の下には、ホタルとおぼしき絵が描いてあった。お世辞にも、うまい絵とは思えない。米粒のようなホタルの体、その後ろには光を示す点々。『ホタルの里』という言葉が無ければ、何を描いているのか分からないだろう。ただ、妙な味わいがある。昔、『ヘタウマ』という言葉がはやったことがあるが、きっと、こんな絵のことを指すのに違いない。

そんな看板を見つめて、先輩はため息をつく。「あの看板」と言った。

「農道のあちこちに立っていたんだよ。気づいてたか」

「いえ、今、初めて気づきました。路肩は暗かったし、ミユちゃんのことばかり考えていたから。目がそこにはいかなくて」

「二年前、この辺りを走ってた時も、あちこちに立ってたんだ。俺はこの看板を見たとたん、感じた。表現しにくいけど、はっきりと胸に感じるものがあったんだ。敢えて言えば……そうだな、懐かしさのようなものかな」

「懐かしさ？」

「南房総の光景って、何だと思う？ まずは、海。それに、さほど高くない山。そんな山々の間の平地に、早稲の田んぼ。で、田んぼと田んぼとを雑草が茂る小道が区切ってる。畦道だよ」

先輩にしては珍しい。懐古するような口調だった。

「そんな畦道に沿って、山からの水が流れてる。幅の広い水路だと、まるで小川みたいで、その上でホタルが舞ってるんだ。俺にとっては、これが南房総の光景だよ。幼い頃、ずっと見ていた光景なんだ。だから、懐かしさを感じたんだろうな」

先輩は畦の水路を見つめた。その視線を追って、自分も目を畦の水路へ。よく見ると、小さな明かりが舞っている。ホタルの明かりらしい。

だが、先輩はすぐにホタルから目をそらした。夜空を見上げる。

「その時も、ハンドルを切って、ここに来た。誘導の矢印看板も立っていたから。で、俺は車から出た。修太も出てきたけど、なんだか浮かない顔付きをしてた。そして、ミユは……車から出てこようとしなかった。『一緒に見よう』と誘っても、うなずかないんだ。修太が手を引こうとしたけど、ぐずって抵抗した。そして、目に涙を滲ませた。ミユは感受性が強いからな」

「あの、どうして？」

「その時は、なぜ、そんなに抵抗するのか、分からなかった。あとで、修太から話を聞いて、納得したんだ。ミユは知ってた。だから、意地になって、下りてこなかった」

「知ってた？　何を？」

先輩は夜空から目を戻した。自分の方を見る。

「ホタル問題だよ。ゼイジャク・ホタル」

「あの、何ホタル？　新種ですか」

「脆弱《ぜいじゃく》ホタル。一部の人達が使ってる俗語だよ。名前じゃないし、正式の用語でもない。ただ、聞けば、分かる人には分かる」

自分には、何のことやら、さっぱり分からない。

先輩はまた看板の方を見やった。

「昔からあるんだけど……『ホタルの里』運動って聞いたことあるだろ」

「ホタルが舞う自然を取り戻そう――そんな自然保護運動ですよね」

「そう。時折、ブームのように全国各地で湧き上がる。まあ、分からないでもないんだ。うまく行けば、観光名所になるかもしれないから。おまえは役所の観光局にいたんだ。分かるだろう」

「もちろん、分かりますけど……」

分からないはずがない。いや、誰よりも、肌で分かっている。そういったことを推進する立場にいたのだから。

「けど、いざ、やろうとすると、大変なんだ。ホタルの生息環境を取り戻すのって、簡単じゃないから。長い年月と多くの人手がかかる。短期間で結果を出そうとするなら……人為的にホタルを増やすしかない」

「人為的？」

「ホタルを育てて、野に放つんだ。どうせ育てるなら、大きな光で目立つ方がいい。となると、選ぶのはゲンジボタル。こうして、多くの人がゲンジボタルを育て始めた。でも、すぐに問題にぶち当たった」

「ホタルを育てるのって、そんなに難しいんですか」

「いや、もっと単純な問題だよ。たくさんのホタルを育てようとすると、たくさんの餌がいる。けれど、ゲンジボタル幼虫の主食は、巻き貝のカワニナ。そのカワニナが、思うように手に入らない」

「ああ、カワニナ」

そのことについては、どこかで聞いたことがある――ホタルが巻き貝カワニナを食べると。可憐な明かりとのイメージギャップのせいだろうか、妙に記憶に残っている。

「じゃあ、先輩、他の巻き貝にすれば？」

「おまえと同じことを、皆、考えた。調べてみると、カワニナそっくりの巻き貝がいることが分かった。ニュージーランド原産の巻き貝、コモチカワツボ。試してみると、ある段階まで、ホタルはコモチカワツボを食べたんだ。これならカワニナは少しですむ。で、ホタルを育てる一方、少しでも豊かな自然に戻そうと、コモチカワツボを川に放った。そして、夏到来。育ったホタルを野に放って大成功――のはずだった」

「はずだった？」

「一見、成功に見えた。けれど、昔の光景を知る人は違和感を持ったんだ。昔と似てはいる。けど、どこか弱々しく感じる。と言っても、はっきりと『ここが違う』とは指摘できない。しばらくして、原因が判明した。皆、唖然《あぜん》としたんだ」

ここで、いったん、先輩は話を区切った。次の言葉を躊躇《ちゅうちょ》している。そして、何度も深呼吸。ようやく言葉を口にした。

「小さかった」

「小さかった？　あの、いったい、何が」

「ホタルが小さかったんだ。つまり、発育不十分だったんだよ。普通のホタルと比較した研究データがある。それによると、コモチカワツボを食べて育った個体は、体長が三割近く短かった」

唾を飲み込んだ。なんてことか。信じられない。

「たぶん、弱々しいという印象は、発光器官の発育が不十分なせいなんだろう。ホタルは求愛行動として光を出してるんだ。弱い光だと、それが十分に果たせるかどうか分からない。ホタルの存続に関わる可能性がある」

「でも、どうして、そんなことに。十分に食べて、育ったんですよね」

「はっきりとした理由は分かってない。ただ、仮説はある。この二つの貝、見た目はそっくりなんだ。でも、含まれるミネラル分が違っているらしい。それがホタルの発育に影響を及ぼしたのではないか。そういう仮説だよ」

思いもしないことが、次から次へと語られていく。

額に汗が滲んできた。

「研究者の間では侃々諤々《かんかんがくがく》の議論。ヘイケボタルでは影響見られずという研究も出てきて、謎は増すばかり。けど、ホタルの研究者なんて、そんなにいないんだ。議論にはなっても、結論は出ない。ホタルの保護活動をしてる人は困ってしまった。そして、程度の差はあれ、皆、ある危機感を持った」

「ある危機感？」

「もしかすると……自分達がやってる保護活動は、逆に、ホタルを滅ぼすのではないか——そんな危機感だよ。こんな思いは各地に広がり、コモチカワツボの養殖は下火になった。けど、放たれたコモチカワツボは川に残ったんだ」

「あの、川から取り除けば？」

「コモチカワツボは水質汚濁に強い。適応水温の範囲も広くて、雌単体でも繁殖できる。淡水貝なのに塩分耐性も高い。要するに、とてつもなく繁殖力のある貝なんだよ。今では指定外来種にまでなってる。もう元の状態には戻せない」

「そんな」

「物理的な環境破壊なら、まだ、回復のチャンスはあるんだ。けれど、生態系自体が別物に変わってしまうと、もう、どうしようもない」

先輩はため息をついた。

「今日の古池の件、脆弱ホタルの件、二つはまったく別の話だよ。何の関係も無い。だけど、俺は思うんだ。二つには共通点があるんじゃないかって」

「共通点？」

「どちらも善意から起こってる。『生き物を守り、豊かな自然を作ろう』——そんな熱意がある人だからこそ、やってしまう。皮肉な話なんだけど」

「皮肉な話……ですか」

そこまで言うのも、抵抗感がある。

だが、先輩もまた抵抗感を覚えつつ、話しているらしい、短く「ああ」とだけしか答えない。そして、しばしの沈黙。

しばらくして、先輩は「分かってるんだ」と言った。

「厳しい物言いだって。でも、俺自身の心の中にもあるんだよ。『きれいなもの』『かわいいもの』『自分が大好きなもの』は、どんどん増えていって構わない——理屈とは別に、そんな感覚がどこかにある」

先輩は胸に手を当てた。

「で、時折、考えてみる。この感覚は、いったい、どこから来てるんだろうって。でも、よく分からない。ただ、曖昧ながら……『自然保護のイメージ』そのものから来ているような気がする」

先輩の横顔を見つめた。先輩は乱れる気持ちを抑えつつ、つとめて、平静に語ろうとしているように思える。そうやって、自身を客観的に見つめようとしているのだ。

話は更に続いていく。

「昨年、九州に出張した時、現地のホタル保護会の会長さんと話をしたんだ。会長さんは自分の手を見つめて、こう言ったよ。『この手で自然を壊してたんですよ。良い気分に浸りつつね』って。で、こう続けた。『それが分かった瞬間は、ショックでしたよ。全てがぶっ飛んでいくような気持ちになりました』って」
頭の中でミユちゃんが再び叫んだ――自然保護なんて、やめちゃえ。
「この会長さんと同じ思いをした人は大勢いる。中には、気持ちの整理がつかないまま
の人も。そんな人は……活動に戻ってきていないらしい」
「じゃあ、ミユちゃんも」
「分からない。心配だけどな」
先輩は空き地隅の看板を見つめる。寂しげにつぶやいた。
「自然と真っ向から向き合うと、多くの矛盾にぶち当たる。そして、真剣であればあ
るほど、深く……深く傷つくんだよ」
先輩の視線を追っていく。自分も看板に目をやった。
月明かりの中に、ヘタウマのホタル。その前を、小さな明かりが横切っている。畦
の水路にいたホタルのようだ。実物のホタルだけに、ヘタウマではない。だが、なに
やら、弱々しく感じられてならない。
なんだろう。動悸が止まらない。
由香は胸に手を当て、深呼吸を繰り返した。

2

今日はいろんなことがあった。自分には、とても、消化しきれない。自宅へと帰ってきた今も、それは変わらない。

由香は机にうつ伏した。

いろんな光景が頭の中を駆け巡っている。古池を見つめる修太さん——絶滅ってね、こんなものなんだよ。大泣きするミユちゃん——嫌い、嫌い、大嫌い。そして、看板を見つめる先輩——深く……深く傷つくんだよ。

「寂しげな表情だったな」

だが、話の内容は、厳しいものだった。今の自分には厳しすぎたと言っていいくらいだった。そして、そんな話の内容とは、あまりに対照的なヘタウマ・ホタル。そのせいか、余計に話が身にしみて……。

余計に？

机から顔を上げ、首を傾げた。

何なんだろう、この感覚は。以前、似たような感覚に包まれた覚えがある。そうか。あのヘタウマ・ホタルのせいだ。あの絵を見た時、思ったのだ。もう少し絵心のある人はいなかったのか、と。そして、以前、同じ思いを抱いたことがあるような。

これって、デジャヴか。

いわゆる既視感というやつ。疲れのために、錯覚が起こっているのかもしれない。

いや、そんな難しい話ではない。単なる気のせいと考えた方が……。

「いや、気のせいじゃない」

由香は頭をかいた。

自分はホタルが巻き貝のカワニナを食べることを知っていた。なぜだ？　アクアパークで、淡水系展示に関わったことはない。つまり、アクアパークで得た知識ではないということだ。とすれば。

「もしかして」

イスから立ち上がって、部屋隅のクローゼットへと移動した。その扉を開けて、かがみ込む。手を下の段の奥へ。奥隅から段ボール箱を取り出した。

段ボール箱には自分の筆跡。太マジックで大書している。

『観光局時代の思い出』

アクアパークへの出向が命じられた時、捨てるに捨てられない小物を、この段ボール箱へと放り込んだ。だから、別に大した物は入っていないのだが。

「あるとすれば、ここだよな」

四年半ぶりに箱を開けた。

懐かしい品々を取り出していく。まずは、房総名産『アワビの姿煮』の食品サンプル。これは県物産展の時の思い出だ。廃棄予定のサンプルを記念にもらっておいた。

次は、南房総観光連絡協議会の式次第と名札。社会人として初めて出席した大きな会議だった。だから、捨てずに記念として取っておいた。

次から次へと、思い出の品を取り出していく。床の上に置いていった。

民芸品展で買った竹とんぼ。千葉湾岸市キャラクター『カモメやん』の首振り人形。南房総名所百選の絵はがき。中身を半分程取り出したところで、段ボールの奥をのぞき込む。思い出の品々の隙間から、ヘタウマ・ホタルが見えていた。

「やっぱり、いた」

何かのビラらしい。自分が関わった企画のものに違いない。手を箱の奥へ。そのビラを取り出した。

『ようこそ、ホタルの里へ』

ビラ表側全面で、ホタルが乱舞していた。昔の写真を使っているらしい。そして、その右下の隅に、ヘタウマ・ホタルがいた。わざわざ吹き出しが付けてあって、『戻ってきたよ』なんて言っている。

思い出した。

南房総観光連絡協議会のキャンペーン企画だ。『自然とのふれ合い』をテーマに、臨時でキャンペーンを打つことになり、急遽《きゅうきょ》、助成用予算が下りてきた。協議会の事務局は、実質、千葉湾岸市の観光局。課長は書類をほとんど見ないで印鑑を押す人だったから、実質、担当であった自分が決めた。役所勤めをして、初めて、自分で判断を下した仕事だったが。

「そうか。この時だ」

助成金申請の受付をして、地元の人達から説明を受けたのだ。ホタルがカワニナを食べることについて。そして、初めて、お金の承認手続きに関わった。なんだか、自分が随分と偉くなったような気がしたものだ。観光振興、かつ、自然保護の企画。良い仕事をした――そんな気分にたっぷりと浸った記憶がある。だから、その記念として、ビラを取っておいたに違いない。だが。

ビラを持つ手が震えてきた。

当時の状況がよみがえってくる。確か、説明されたのは、カワニナのことだけではなかった。ビラを引っ繰り返して、裏面の説明文に目を走らせていく。ホタルの里運動の企画だ。それも、まさしく、今日、立ち寄ってきた地区の企画ではないか。

『ホタルの里の再生を効率的に進めるため』

目がとまった。

『代替貝コモチカワツボに着目』

――この手で自然を壊してたんですよ。良い気分に浸りつつね。

先輩の話を、自分はどこか他人事のように聞いていた。だが、今、手元にあるのは、自分が推進した企画。自分自身がゴーサインを出した。良い気分に浸りつつ。

「そんな」

頭の中でミユちゃんが泣いている――皆、うそつき。大うそつき。

肩が震え出した。いや、全身が震え出した。なにやら、少し寒い。今年は残暑が厳しいのに。エアコンはつけてないのに。何なんだろう、この気持ちは。

ビラを床上に置いた。震える手を広げる。確か、ホタル保護会の会長は言っていた。ショックでしたよ、と。全てがぶっ飛んでいくような気持ちに、とも。

声が漏れ出た。

「先輩」

一人でいたくない。いや、いられない。馬鹿と言われてもいい。何しに来たと、あきれられてもいい。

ビラをつかんで、立ち上がる。そして、玄関土間へ。

由香はアパートを飛び出した。

3

壁際に座り込む自分を、先輩はビラを持ってのぞき込む。

「少しは落ち着いたか」

由香はうなずいた。

「あの、その……すみません」

「俺なんかに気を遣うな。落ち着ければいいんだ」

先輩のアパートに着いたのは、一時間程前のこと。玄関ドアが開くなり、「やっちゃってたんです」と言い、しゃがみ込んでしまった。そのあと、何を言ったかは覚えてない。部屋に招き入れられたが、順序立てて話すことなどできない。取りあえず、ビラを見せた。頭に浮かんできた言葉を、そのまま口にしていく。脈絡《みゃくらく》もなく、途切れ途切れに。途中、胸の奥から何かが込み上げてきて、何度も言葉に詰まった。そんなことを繰り返しながら、なんとか話し終えたが、先輩は内容に触れようとしない。ただ、こう言った。

「バスルームに行って、熱いシャワーを浴びてこい。今、何を言っても、頭に入らないだろう?」

言葉に従い、バスルームへ。熱いシャワーを浴びていると、少し冷静になってきた。だが、そうなると、今度は、気まずくて仕方ない。部屋に戻っても、先輩には近寄れない。こうして壁際でうつむいて、ただ、座っている。

「よし、いいだろ」

のぞき込んでいた先輩が腰を戻した。

「まずは、おまえの混乱した頭を整理しなくちゃな。顔を上げろ」

顔を上げると、先輩は机へと戻っていく。「これはあとだな」と言い、ビラを机の上に置いた。そして、イスを手に取って逆向きにまたがり、自分の方を向く。背もたれを抱え込み「いいか」と言った。

「ビラの話が受け止められるよう、まずは、考え方の前提となる話をする。分かりやすく話すつもりだけど、厳しい内容になる。けど、よく聞けよ」

黙って、うなずく。先輩を見つめた。

「改めて分かったと思うけど、淡水系の自然は海とは違う。孤立していて閉鎖的。そして、狭い。そんな環境でバランスを保ってる。だから、もろい。バランスなんて、すぐに壊れてしまう。けれど、世間の意識は、ここには向かない。環境破壊となると、なぜか、生活からかけ離れた世界に、話が飛んでいってしまうんだ。たとえば、大海原。多くの人にとって、生活実感のある場所じゃないだろ。時に、熱い話は南極にまで飛ぶ。その一方で、身近にある淡水系自然は無視される」

先輩はため息をついた。

「こういった無関心に加えて、淡水系自然には多くの利害が絡み合うことが多いんだ。飲料水の取水、排水、耕作の水利権や漁業権。所有者と管理者が別の場合が多いし、所有権も共有の形態だったりする。多くの利害関係者が入り組んでて、何かをやろうとすれば、すぐに誰かの権利に引っ掛かる。はっきり言って、やっかいなんだ。地道にコツコツ話し合って、折り合いをつけていくしかない」

そんな面から、自然を考えたことはなかった。だが、当たり前と言えば、当たり前の話だ。休耕田ビオトープも、話があってから実現まで、二年もかかっている。

「一番身近な自然は一番やっかい。そして、一番無視される。チーフが、よく言うんだよ。『三角形の中抜き』ってな」

「似たこと、チーフに言われたことがあります。『三角形のてっぺんしか知らねえ』って。あの、三角形のてっぺんって、何のことですか」

「かわいい生き物を守れ――みたいな分野かな。たとえば『ラッコを救え』のような愛護活動とか。対象となるのは、たいてい、ペットを含む哺乳類。生態系をベースに考えれば、ほぼ『てっぺん』だよ。この分野のテーマはよくキャラクター化される。愛くるしいイメージで多くの人を引きつけるんだ」

「じゃあ、三角形の底辺は？」

「美しき地球を守れ――みたいな分野かな。たとえば『南極の氷が溶けている』のような啓蒙活動とか。対象となるのは、たいてい、環境的な話。生態系をベースに考えれば、ほぼ『底辺』だよ。この分野のテーマはよく自然番組とかになる。美しい理念で多くの人を引きつけるんだ」

先輩は息をついた。

「けれど、人々の意識の中に、それ以外の部分――三角形の真ん中部分は無い。無関心、または、敢えて無視されてしまう。当然、身近な自然って、この真ん中部分に相当するってことになるな」

理解できなかった言葉が、徐々に、その正体を現してきた。そして、言葉と言葉がつながっていく。

「じゃあ、今、この部分で、何が起こっているか。ものすごいスピードで絶滅が起こってるんだ。ある研究によれば、そのスピードは『十三分に一種』くらい。おまえとこうして話をしている間にも、種の絶滅が起こってる」

「あの、絶滅って、太古の昔……その、恐竜時代とかの方が多いんじゃ」

「たいていの人が、そんなイメージを持っている。けれど、太古と言われる期間は、とてつもなく長いんだ。だから、絶滅の平均を取ってみると『千年に一種』くらいのスピードでしかない。まあ、古生物学はクルクルと定説が変わる分野だから、この数字の変動はあるだろうな。けれど、現在との比較論で言えば、大きく変わることは無いだろ」

イスがきしむ。先輩は身を乗り出し「で、だ」と言った。

「問題はここからだ。敢えて、厳しいことを言うぞ。いいか。人々は一番気にすべきところから、目をそむけてる。なぜなんだろう？　その理由は簡単だ。実のところ、誰もが薄々気づいている。でも、絶対に口にしない」

「あの、それって」

「身近なだけに、まともに目を向けると、認めざるをえなくなるんだ。多かれ少なかれ、『自分も自然の破壊に加担している』ってことに。けれど、それは感情面から受け入れられない。理屈じゃない、気持ちの問題だ」

「気持ちの問題？」

「やっぱり、自然破壊って、悪い誰かの仕業でないとな。そう思わないと、大好きなことに集中できなくなってしまう。キャラクターグッズを見て『かわいい』と目を細めたり、自然番組を見て『許せない』と拳を振り上げたり。こっちの方がいいだろ。気持ちって、馬鹿にならないんだよ。自然保護の活動って、こういったことに大きく左右されるから」

再びイスがきしむ。先輩は「敢えて、厳しいことを言ってるんだぞ」と繰り返し、身を起こした。

「けれど、こういった身近な自然独特の観点を踏まえないと、消化しづらいこともあるんだ。いいか。今日はいろんなことがあったよな。古池の件から、ビラの件まで。一言で言えば、全部、自然保護における『やっちゃった』だ。実は、身近な自然では珍しいことじゃない」

「珍しいことじゃ……ないんですか」

「ああ。プロにだって、あるんだよ。おまえが経験した事柄で言えば……そうだな、淡水系じゃないけど、身近な浜辺での保護活動――ウミガメの放流だよ。昔は、子ガメの放流を自然保護活動として積極的に行ってた。今、子ガメの放流に関しては、否定的な意見が主流だ。知ってるだろ」

黙って、うなずいた。

子ガメは、孵化《ふか》直後、一種の興奮状態にある。この間に、沖合へと移動し、磁気による方向感覚を身に付けねばならない。だが、育ててから放流すると、この感覚がつかない危険性がある。そのため、最近、子ガメの放流は、やむを得ない場合に限られるようになってきているのだ。

先輩は背を向け、机へと向いた。ビラを手に取る。姿勢を戻すと「じゃあ、本題に」と言った。

「おまえが持ってきたビラについて話すぞ。今回、おまえは自分がしたことに責任を感じた。そして、ここに来た。その話を聞いて、俺も責任を感じ始めている」

「先輩が？　どうして？」

先輩はビラへと目を落とした。

「見覚えがあるんだよ。この米粒みたいなホタルの絵に。俺も、以前、どこかで見てる」

「二年前ですよね。修太さんとミユちゃんと立ち寄った時に、看板で見たんじゃ」

「もう少し正確に言った方がいいな。ホタルの絵だけじゃなくて、このビラに見覚えがあるんだ。ホタル乱舞の古写真。そこにヘタウマの絵。何とも言えない妙な取り合わせだろ。だから、なんとなく記憶に残ってる。絶対、どこかで、このビラを目にしてる」

先輩はビラを掲げた。

「俺の場合、アクアパークで見たとしか考えられない。もしかすると、当時、アクアパークが、このホタルの里キャンペーンに関わっていたのかもしれない。アクアパークの『やっちゃった』だ」

息をのんだ。そんなことがあるだろうか。

「先輩、さすがにそれは」

「あくまで可能性だよ。で、だ」

先輩はビラを机へと置いた。そして、手を机の上の携帯へとやる。こちらに向き直ると、携帯を掲げるように持ち「これから」と言った。

「修太に電話して尋ねてみる。ビラの日付は、既に修太が淡水系展示を手がけてた頃だ。修太なら何か知ってるかもしれない。いや、知ってたからこそ、二年前、ホタルの里で浮かない顔付きをしてたんだろ」

「でも、電話をして、何を」

「ビラから分かる具体的な内容は、『コモチカワツボを検討している』ということだけだ。実際、どのような形で実行されたのかは、分からない。となれば、その影響も分からない。修太から詳細を聞ければ、そういったことも分かるだろ。ただし、だ」

先輩は携帯を見る。次いで、自分の方を見た。

「詳しい話を聞けば、余計に落ち込むかもしれないぞ。どうする？　かけていいか」

ここに至って、首を横に振る選択肢は無い。

黙って、うなずいた。先輩は即座に「よし」とつぶやく。指先を携帯画面へとやった。そして、右手で携帯を耳に当て、左手でビラを持つ。

「ああ、修太か」

すぐに、つながったらしい、先輩はしゃべり始めた。

「夜分に悪いな。ちょっとミユのことが気になって。どうだ、様子は？　部屋から出てこない？　まずいな……いや、すまん。用件はそのことだけじゃないんだ。ちょっと今夜のうちに、確認しておきたいことがあって。あの辺りにあるホタルの里のことなんだけど……そう、それ。ちょっと、昔の話なんだけど」

先輩は話を進めていく。が、途中で怪訝そうな表情を浮かべ、言葉に詰まった。

「沖田さんが？」

そして、慌てて机へと向き、メモを取り始めた。電話をしつつ、何度も相づちを打っている。筆記具を机に置くと、大きくうなずいた。

「分かったよ。明日にでも連絡してみる。遅くに悪かったな」

先輩は電話を切った。だが、なかなか、こちらを向こうとはしない。

気になる。いったい、どんな話だったのか。

床に手を付いて、四つ這《ば》いになった。床の上を、机へと這い寄る。先輩の足元で上半身を起こした。

「先輩、詳しいこと、聞けたんですか」

「かなり前のことだから、修太も細かなことは覚えてない。けど、大まかな経緯は覚えてた」

先輩がメモを手に取って振り向いた。

「関係してたのはアクアパークじゃない。地元の房総大学だった。当時、沖田さんは講師をしていて、よくアクアパークに顔を出していた。その沖田さんから、修太は話を聞いたらしい」

「あの沖田さんの専門分野って、ホタルとは関係ないですよね」

「まあ、落ち着け。順を追って話すから」

先輩はメモに目を落とした。

「まずは、当時の手続きから。助成に関わる申請書類には、専門家の意見をヒアリングして書き込む欄があったそうだ。覚えてるか」

黙って、首を横に振った。記憶に残っているのは、ヘタウマ・ホタルの絵くらいだ。書類の詳細までは覚えていない。

「地元の人達は房総大学に問い合わせたらしい。正確に言うと、理学部の自然環境学科に。ホタルに詳しい研究者はいなくて、仕方なく淡水魚の研究者が対応した。沖田さんの恩師にあたる先生らしい。沖田さんは、その一部始終を横で見ていて、アクアパークに来た時に、その話をした。で、修太は、いつものように、あちらこちらでしゃべり回ったってわけだ。俺の記憶に残るくらいにな」

「あの、当時、その先生は、どういう意見を？」

「そこまでは分からない。修太はゴタゴタには関わりたがらないから。しゃべり回ったものの、結局、どうなったかは聞いてないそうだ。ただ、役所絡みの話だから、そのまま決まったんだろうと、ずっと思ってたらしい。で、ホタルの里には乗り気になれなかったって言ってた。だから」

「だから」

「その先生が、どういう意見を出したのか。その意見を地元の人達は、どう受け止めたのか。そして、ホタルの里キャンペーンは、どう実行されたのか——細かなことは分からない。知りたければ、沖縄にいる沖田さんに尋ねてみるしかない」

「沖田さんに……」

「どうする？　自分がやったことの結末が知りたければ、尋ねればいい。もし、おまえが役所勤めのままなら、永遠に気にすることはなかっただろう。けれど、今、こんな仕事についていて、気になって仕方ない。そうだろう」

「そう……です」

「この仕事をしていれば、今後とも、こういうことに出くわす可能性はある。この際、きちんと調べてみることは悪くない。けれど、この件に関しては、沖田さんは第三者なんだ。客観的で厳しい意見が出てくるかもしれないぞ。聞けば、完全に落ち込んで、仕事が手につかなくなるかもしれない。どうする？」

床上のビラに目を向けた。

そこにはヘタウマ・ホタルの絵。目をそむけて逃げ出すことは簡単だ。けれど、この仕事をしている限り、それをしてはいけないような気がする。

「先輩……私、きいてみます」

「分かった。なら、俺も手伝うよ。二人そろって、落ち込むことになるかもしれないな。けど、真剣に向き合ってるからこそ、落ち込むんだよ。何も考えていなければ、落ち込まない。別に、人生訓じゃないぞ。この仕事、そういうもんなんだよ」

先輩の視線が自分へと向かってくる。

由香は拳を握り、視線を受け止めた。

4

目の前の大画面のパソコン。日焼けした沖田さんが映っている。

『いやあ、懐かしい資料でしたよ』

由香はパソコンの前で居住まいを正した。

沖田さんに連絡を取ったのは昨日のこと。沖縄理科大あてに電話をして、事情を説明した。そして、スキャンした『ホタルの里』の資料をメールで送信。すると、すぐに返事が来たのだ。

『資料を見ながら、お話ししましょう。明日にでも、テレビ電話形式でいかが』

テレビ電話となれば、性能の良いパソコンの方が良い。となれば、ペンギン舎横の小部屋にある大型パソコンに限る。昨日のうちに、先輩と二人でテレビ電話ソフトの設定を済ませた。そして、今日、予定時刻を控えてパソコン前へ。自分は丸イスへと座り、先輩はその背後に立つ。程なく画面は瞬き、千葉と沖縄との接続は無事に完了した。

かくして、今、遠距離間での打ち合わせが始まっている。

『地元からの相談に応じたのは、確かに、私の恩師に当たる先生でした。淡水系自然環境の権威でね。アクアパークに気軽に出入りできるようになったのも、先生の後押しによるものなんです。そんな先生に、私は一度だけ、盾ついた。それが、この』

画面の中の沖田さんは手元を見やった。そこにはメールで送ったホタルの里の資料。

プリンターで打ち出したものらしい。

『ヘタウマ・ホタルの一件なんです』

間違いない。沖田さんは当時のことを覚えているのだ。拳を握りしめ、黙って次の言葉を待つ。

沖田さんは懐かしそうに目を細めた。

『先生には、よく言われたものです。淡水系の自然保護は、一筋縄ではいかない。泥臭くあれ。自然だけではなく、そこで暮らしてる人達を見ろ。最終的な目的をよく考えつつ、裏技、寝技、何でも使えってね』

言葉の意味が分からない。怪訝な表情で画面を見つめた。画面越しでも、そんな思いは通じたらしい。沖田さんは説明を追加した。

『海の環境保全は、ある程度、理屈や理念で語れるんです。ですが、淡水系は、そうはいかない。全面的に自然保護の理念を持ち出すと、それじゃ生活にならん、と言われて、おしまいです。何を偉そうに、と反感を持たれ、却って逆の方向に物事が進んでしまうこともあります。ですから、淡水系の研究者は悩むんです。どこまで言えば良いものかと。この時も、先生は悩んでおられました。ホタルを巡る問題は、既に研究者の間で話題になっていましたから。もし、嶋さんが同じ立場に置かれれば、どんなふうにお答えになりますか』

「それは」

言いかけたものの、続く言葉が無い。

沖田さんは穏やかな口調で話を続けた。

『そういうものなんですよ、研究者もね。ですから、意見を求められると逃げます。当たり障りのない内容か、どうとでも解釈できる内容を口にして、逃げるんです。責任は負いたくないし、いさかいに巻き込まれたくもない。ですが、先生はそうなさらなかった』

「じゃあ、どういうご意見を？」

『まず、先生は、断固とした反対意見を出すこともある、と言ったんです。いきなり先制パンチですね。地元の人達は面食らってしまいました。次いで、こう仰ったんです。ただし、外部環境にコモチカワツボを放たないならば、反対意見は出さないってね。まさしく寝技、駆け引きですよね』

「地元の人は、それで納得したんですか」

『ええ。計画の柱は、ホタルを人工繁殖させて放つことでしたから。地元の人達がどこまで譲れるか、先生はよく分かった上で仰《おお》せになってたんです。一番重要なことについて合意し合えば、あとは淡々としたものでした。侃々諤々《かんかんがくがく》の研究者達の意見を簡単に解説なさって、関係する論文をコピーして手渡し。あとはご自分達でお考えなさいな、です』

「ですが、その結論じゃあ……」

『地元の人達の判断次第になります。つまり、脆弱ホタルが放たれる可能性は残るんです。つまり、黙認したも同然。まだ若かった私は憤慨しました。で、恩師に詰め寄ったんです。先生には研究者としてのプライドが無いんですか、ってね。いい加減なものですよ。自分ならどう答えるか——代替の案も無く、恩師をただ批判したわけですから』

唾を飲み込んだ。

先程、沖田さんに問われた時、自分は答えられなかった。おそらく自分以外の人でも、似たようなものに違いない。だが、自分でない誰かが出した結論には、当然のように非難の目を向ける。これが人間というものか。

『先生はすぐにはお答えになりませんでした。しばらくして、壁の書類キャビネットへと向かい、資料を取り出して、お広げになった。その資料を見て、私は自分の浅はかさを知ったんです。で、痛感した。淡水系の自然保護は、一筋縄ではいかない』

背後で話を聞いていた先輩は我慢できなくなったらしい。パソコンの前に手をつき、身を乗り出してきた。

「沖田さん、それって、いったい……新しい論文か何かですか」

『そんな理屈っぽい物じゃないんですよ。全国各地でよく見かける、ただの図面です』

「ただの図面？」

先輩の問い返しに、沖田さんは脇へと手をやった。書類らしき物を手に取る。それを広げると、画面へと向けた。

『これは地元の農協でコピーしてきた物ですが……同じ趣旨の図面です。どうです、分かりますか』

由香は目を凝らした。

別に珍しい地図ではない。ただの農業用地の計画図ではないか。だが、先輩は傍で「あ」とつぶやく。何か気づいたらしい。

『これは農場水路の整備計画の図面なんです。ホタルの里辺りの一帯でも、同様の整備が目論《もくろ》まれていました。農地を大々的に区画整理し、それにあわせて、畦の水路を三面張り水路へと整備する。全国各地、何も珍しい話ではありません』

「あの、三面張りって？」

『土手の両側と水底。その三面全てをコンクリートで固めた水路のことですよ。わざわざ新たに作るわけですから、当然、直線状のルートで計画されます。水はほぼ一定スピードで流れ、実に効率的です。ですが、生き物を育む場所として価値は大幅にダウンしてしまうんです』

「それって、コンクリートで固めちゃうから？」

『もちろん、その問題は大きいんです。身を隠す場所も、卵を産み付ける場所も、ありませんからね。でもね、それ以前に、根本的な問題があるんです。水の流れという問題がね』

「水の流れ？」

『航空写真などを見ると、よく分かるんですが……自然の水の流れって、曲がりくねってるものなんです。大きな川も、身近な小川もね。これによって、流れに自然と緩急ができます。流れが早くて泡立つ所、遅くてよどみになっている所——いわゆる、瀬と淵ができるんです。これが生き物を育みます。これは、ある実験場のデータなんですが』

沖田さんは資料を一枚、画面へとかざした。何かの棒グラフだ。左の棒に比べて、右の棒は極端に低い。

『瀬と淵によって自然が豊かになることは、経験則として知られていました。そのことを、実験場の河川で検証してみたんです。自然の川のように瀬と淵がある水路と真っ直ぐで単調な水路とで、生息個体数を比較。この棒グラフはそれを表したものです。結果は想像以上のものでした。およそ十倍の違いがでたんです』

グラフを見つめた。信じられない。

「こうしてホタルが減っていく……わけですか」

『いいえ。ホタルだけの話ではありません。全ての淡水系水族に関わります。メダカもモリアオガエルも、そして、カワバタモロコもです。日本固有種絶滅の大きな原因は、実は、このありふれた三面張り水路なんです』

息をのんだ。

こんなコンクリートの水路など、どこでも見かける。そう言っていい。それによって、環境が変わってきていることも理解できる。だが、まさか、種の絶滅にまでつながっているとは。

沖田さんはため息をついた。

『淡水系の身近な自然は、人間の暮らしと直結しています。ですから、深刻な環境汚濁など、今ではそうそう起こりません。人間の暮らしにも支障となりますから。しかし、きれいな整備は頻繁に、かつ、全国規模で行われています。つまり、種の絶滅は環境汚濁ではなく、きれいな整備から起こってるんです』

「きれいな整備から……」

『おそらく、そういった感覚をお持ちの方は少ないと思います。頭の中の理屈では分かっていてもね。そのせいか、メディアも三面張り問題は採り上げません。採り上げる場合も、こんな感じです——時代の流れでしょうか、悲しいことです。懐古調のナレーションでまとめて、おしまいです』

由香は唾を飲み込んだ。

それはあるかもしれない。時代の流れ。聞き心地の良い言葉だ。自分の責任にはならないし、なんとなく達観したような良い気分に浸れる。

『ただ、全てを否定しているわけではないんです。効率性や安全性を踏まえて総合的に考えますと、三面張りがベストの場合もある。ただ、これまでは闇雲に作ってきたことも事実です。完全否定しても何も前に進みませんから、研究者達は、今、実現可能な改善策を提案しています』

「改善策、あるんですか」

『なんと言っても、一つめのポイントは、他に方法が無いかどうか、計画時によく検討することですね。土手張りだけの二面張りですむかもしれません。その土手をコンクリートではなく、石積みにする方法もあると思います。ルートや長さについても、よく検討した方がいいですね。作るべき所だけではなく、残すべき所の検討も必要です。予算がつくなら全部やってしまえ——そんな雰囲気のことが多いですからね』

穏やかな口調で、具体的な説明が続いていく。

『二つめのポイントは、既存の三面張りの改良でしょうか。わざとデコボコを作って、水の緩急を作り、生息環境としての力をアップさせる手があるんです。五センチ程度の土砂をわざと堆積させるのもいいかもしれませんね。ただ技術的には可能であっても、実行は簡単ではありません。その費用と労力を誰が負担するのか、という難しい問題が残りますから』

沖田さんは図面を折り畳む。そして『話を戻しましょう』と言った。

『本題のホタルの里の話です。実は、ホタルの里運動によって、水路の整備計画は一部棚上げとなっていました。畦の水路周辺は、手つかずで残っていたんです。先生はそのことをご存じでした。自然だけではなく、そこで暮らしてる人達も見てらしたんです。そして、最善の策を採られた』

熱意と情熱で語られる保護運動とは少し違っている。だが、熱意と情熱だけでは、現地の人達の反発を食らって、終わっていただろう。自然と人間との生々しいせめぎ合いが、ここにはある。しかし。

「周辺の環境を守る……その代償として、脆弱ホタルの件はそのままに？」

『最終的にそうなっても、やむをえない。そう先生はお考えだったと思います。ですが、おそらく……ホタルの里の計画は止まったんじゃないかと。もっとも、これは私の推測なんですが』

「え？」

思いもしない言葉に、背後の先輩を見やる。先輩も意外そうな顔付きをしていた。目を画面へ戻すと、沖田さんは申し訳なさそうな顔をしている。そして『ごめんなさい』と言った。

『実は、そのあと、私は瀬戸内海洋大学の方に移ったものですから。最終的にどうなったのかまでは知らないんです。ただ、昨年、先生の退任パーティがありまして、その席で軽く言葉を交わしました。その時、仰ったんです。例のホタルの件、うまくいったんだよ、とね。加えて、俺よりうわてがいてな、とも仰いました。長話はできなかったんですが』

「でも、あの」

由香はホタルの里の光景を思い返した。

「今も現地に看板が立ってるんです。パンフレットと同じヘタウマ・ホタルの。ですから、ホタルの里の企画、実行されてるんじゃないかと」

『それなんです。嶋さんが送って下さった資料を見て、私も疑問に。先生の話を聞いて、てっきり無くなった話だと思ってましたから。いったい、これはどういうことかと……そうだ、今、先生にきいてみましょうか』

「その方、沖縄にいらっしゃるんですか」

『いえ、生まれ故郷の四国に戻っておられます。でも、最近、仕事の上で、また、つながりができましてね、頻繁にやりとりしてるんです。昨日も長話したばかりでして、尋ねてもおかしくはないかと……いえ、尋ねましょう。話をしているうちに、私自身、結末を確かめたくなってきました』

そう言うと、沖田さんは手を胸元へとやった。携帯を取り出し、画面を操作する。その携帯を耳へと当てると、苦笑いした。

『電話の中で電話。テレビ電話で話しながら、別の電話をするなんて。なにやら妙な感じですね……あ、もしもし、沖田ですが』

つながったらしい。

『今、ちょうどアクアパークの方と打ち合わせをしてるんですが……話題がちょっと昔の話になりまして。退任パーティの時、仰ってたホタルの件なんですが……ええ、そうです。ホタルの里の……え？』

沖田さんは意外そうな表情を浮かべた。相づちを打ちつつ、うつむいてメモを取り始める。しばらくすると、「唐突で申し訳ありませんでした」と言い、身を起こした。そして、誰もいない空間に向かって一礼する。電話を切って、画面へと向き直った。

『安心して下さい。ホタルの里は続いてますが、他のことは止まってます』

意味が分からない。

「あの、それって……」

『先生がお手渡しになった資料を巡って、地元では激しい議論になったそうです。助成申請を取り下げようという意見から、そんな学者くさい話など聞けるかという意見まで。そんな議論を、ある地元の方が取りまとめになられた。結局、ホタルの里運動は続けることになりました。ただ、やり方を変えることになったんだそうです』

先輩と同時に声が漏れ出た。

「やり方を」

「変える？」

『地元の人達は、生息環境を取り戻すという基本中の基本を選択したんです。畦の水路の手入れから始めたんですよ。そして、カワニナの養殖に手をつけた。むろん、元々、地元の水路にいたカワニナです。これは、おそろしく手間暇がかかる選択です。むろん、結果は簡単には出ません。なので、役所に問い合わせたそうです。言葉にすると簡単なんですが、役所からは、承認の範囲内なので不要、との返答があったとのことでした。まあ、役所としても、聞き慣れない巻き貝の名前を並べられて、チンプンカンプンだったと思いますが』

変更の相談については記憶に無い。自分以外の担当者が答えたのかもしれない。もっとも、自分が聞いていたとて、記憶に留まっているわけがない。「マニアックなことを」と思うだけで、右から左だっただろう。

ゆっくりと深呼吸する。少しだけ画面へと寄った。

最後の疑問がまだある。

「一昨日、ホタルの里に行ったんです。ホタルはいたんですけど、なんだか、弱々しく感じちゃって。いったい、あのホタルは……」

『間違いなく本物――天然のホタルですよ。弱々しいとお感じになったのは、時季的なことがあると思います。残暑が続いてるとはいえ、ホタルのピークは過ぎてますから。特に、光の強いゲンジボタルは、おおむね夏の前半まで。もう完全に過ぎてますね。あの辺りではゲンジボタルとヘイケボタルが併存してますが、今、舞ってるホタルの大半はヘイケボタルでしょう。弱々しいとお感じになられても不思議ではない。それに、何より、ホタルが増えてきたとはいえ、昔にはとても及ばない。まだまだ、これからなんです。でも』

沖田さんは画面の中で微笑んだ。

『戻ってきますよ、ホタルも自然も。きっとね』

「ホタルも自然も」

『ええ。ここの地元の人達は、敢えて、困難な道を選んだわけですから。そして、やっかいで面倒なことを、地道に実行し続けています。それが今、成果として、少しずつ現れ始めてるんです。このホタルの里の件では……私自身、何か大切なことを教えられたような……そんな気がしています』

沖田さんの目元が潤んでいる。そして、それを見つめている自分の目元も。いけない。

慌ててパソコン前に手をつく。由香は画面に向かって深々と一礼した。

5

ホタルの里を夕闇が包んでいく。先輩と二人、修太さんとミユちゃんを待つ。

由香は小道の先に目を凝らした。

「先輩、来てくれるでしょうか」

「分からない。ミユの気持ち次第だから」

「でも、あれから、時間もたってるし」

「それは大人の感覚だよ。山の古池から帰ってからずっと、ミユは黙り込んでるそうだ。話しかけても、しゃべろうとしない。しかも、時折、荒れて手に負えなくなるらしい。だけど、修太がきっと何とかする。信じて待つしかない」

「そうですよ……ね」

夕闇を見つめつつ、息をつく。

ここに来るまでのことを思い返してみた。

事の発端は今日の午後のこと。いつものように調餌室《ちょうじ》で給餌バケツを洗っていると、突然、胸元の携帯が震えだした。画面を確認すると、電話は先輩から。慌てて電話に出ると、いきなり問いが飛んできた。

「今日の閉館後、空いてるか?」「予定はありませんが」

「一緒に行きたいところがある」「あの、どちらへ?」

戸惑いつつ問い返すと、先輩は即座に「ホタルの里」と言った。声には有無を言わせぬ勢いがある。

「現地で修太と待ち合わせてる。約束したんだ。修太はミユを連れてくる」

「修太さん? 今日は休暇、取ってるみたいですけど」

「昨日、修太と二人で話し合った。まあ、その……いろいろあってな。で、その時に約束した。ミユを連れてくるって。あのままにはしておけないから。山の古池でのミユの姿、覚えてるだろ?」

忘れるわけがない——大うそつき。嫌い、嫌い、大嫌い。

「ミユにあんなことを言わせたのは、俺達、大人だ。幻滅させたままにしてはおけないんだよ。カワバタモロコの件は、もう、どうしようもない。けれど、ホタルの件は、そうじゃないだろ」

「そうじゃないです」

「ミユのためにも、俺達自身のためにも、もう一度、あの場所に行かなくちゃならない。大人として、事の始末をつけないとな」

かくして、先輩と二人、ホタルの里へと来た。そして、修太さんとミユちゃんを待っている。だが、はたして、ミユちゃんは来てくれるだろうか。

夕闇が深まっていく。それにつれ、不安も深まっていく。

我慢しきれず、一歩前へと出た。先輩も傍らに来る。二人そろって腰をかがめ、小道の先に目を凝らした。だが、誰の姿も無い。

背後で物音がした。

「何してんの、二人とも」

慌てて腰を戻し、振り向いた。畦の水路の辺りに、修太さんの姿がある。水路には、古板を渡しただけの簡易な橋。その上に立っているのだ。そして、その背に、恥ずかしそうに見え隠れしている幼い姿がある。

ミユちゃんだ。

先輩が戸惑い気味に言った。

「どうやって来たんだ。駅から歩いて来たのか」

「反対側の山裾《やますそ》に貸し農園があるの。そこに、車、置いてる。で、畦道を散策。ホタルって、散策しながら見るのが一番なんだよねえ」

修太さんは畦水路の茂みから出てきた。ミユちゃんの手を引きながら。空き地まで来ると、振り向き、「ほら」と言った。

「隠れてないで、出て。由香お姉ちゃんと梶お兄ちゃんに、言うことあるだろ」

ミユちゃんが修太さんの背から出てきた。かわいらしく頭を下げる。ぺこり。

「山の古池では、騒いじゃって、ごめんなさい。もう、騒ぎません」

戸惑いつつ、先輩と顔を見合わせた。二人そろって、ミユちゃんへと向き直る。一緒に頭を下げた。ぺこり、ぺこり。二人の言葉が重なった。

「いえ」「いえ」

修太さんが笑った。

「ミユ、もう一つ、あるよね。お礼は？」

「ええと……ホタルのこと、聞きました。その時、パパがね」

ミユちゃんは修太さんを見上げた。

「自分なら突き止めてないって。面倒くさいから。ミユもそうだって思って、笑っちゃった。パパって、面倒くさがり屋さんだから。だからね、ええと、今日は誘ってくららって……くださって、ありがとうございました」

ミユちゃんは言葉に詰まりつつ、また、ぺこり。そんなミユちゃんに恐縮しつつ、自分達もぺこり、ぺこり。再び言葉が重なった。

「いえ、いえ」「いえ、いえ」

もう、どっちが子供なのか分からない。

修太さんがまた笑った。

「ねえ、畦の水路に行こうよ。やっぱりホタルは水辺で見なくっちゃ」

その言葉と同時に、ミユちゃんが駆け出した。そして、畦水路へ。古板の簡易橋で踏ん張るようにして立つ。修太さんはその背後へ回っていった。自分達はその横へ。

ミユちゃんが叫んだ。

「ホタルだよね、ホタル」

今夜は満月。畦水路の瀬はきらめいていた。そして、淵は滲んでいる。そんな変化を楽しむかのように、たくさんのホタルが舞っていた。せせらぎの上で点滅している。土手の茂みでも点滅していた。強弱、強弱。強弱、強弱。時に力強く、時に優しく。小さくとも、躍動感がある。途切れることは決して無い。

思わず、声が漏れ出た。

「これがホタル……なんだ」

「ああ。引き込まれちゃうな。古板の上にいるのを忘れそうだ。つい、明かりを追って、歩き出しそうになる」

そうかもしれない。

ミユちゃんが振り向き、修太さんを見上げた。

「パパ、これ本物だよね。ミユ、見とれちゃっていいんだよね」

「もちろん」

「ホタル、戻ってきたんだよね」

「ホタルだけじゃないよ。いろんな自然が戻ってきた。狭いところで、絶妙なバランス。全部つながってる。それが淡水系の自然。でもね、それを取り戻すのには、長い時間がかかる。それに耐えられない人だっている。でも、ここの人達は頑張ったんだ。で、戻ってきた。まだ昔のようにはいかないけど、戻ってきた」

そよ風が頬を撫でていく。

「小さいけれどね、希望の明かりなんだよ。周りの人達を、いっぱい、勇気づけてくれる。それを今、皆で見てるんだ。見とれちゃって、当然だよね」

ミユちゃんは大きくうなずいた。姿勢を戻すと、幼い両手を握りしめる。水路を舞うホタルに向かって、声を張り上げた。

「ホタルさん、ごめんね」

小さな明かりが揺れている。返事をするかのように。

「ホタルさん、ありがとね」

胸の奥底から何かが込み上げてきた。ミユちゃんの姿が滲んでいく。

先輩が小声で「おい」と言った。

「泣くなよ」

「泣きません。力強くいかなくっちゃ」

でも、ミユちゃんの姿が……そして、ホタルの明かりが……慌てて、夜空を見上げた。頭上には満天の星々。それも滲んできて……こらえられそうにない。でも、良かった。ほんとに良かった。

「おい、泣くなって」

「泣いてませんって」

もう、ごまかせない。由香は慌てて袖《そで》で目を拭《ぬぐ》った。

第四プール　森と星と清流と

1

車は舗装農道を走っていく。もうホタルの里は見えない。だが、気分は上々。由香は助手席で満足の息を漏らした。

気になっていたことが、一気に解決したのだ。気分良くならないわけがない。けれど……そっと、運転席をうかがい見た。なぜなのか、運転席の先輩の表情は硬い。それも、ホタルの里を出発してから、ずっとだ。しかも、時と共に、ますます硬くなってきているような気がしてならない。

「あの、先輩、何か気にかかることでも?」

「どうして、そんなことをきく?」

「いや、その、なんとなく」

会話は終了。余計なことはきかぬが良し——そういうことにしておこう。

助手席に身を沈め、息をつく。が、その瞬間、車はスピードを落とし始めた。そして、路傍の野菜直売所の敷地へと入っていく。直売所の建物前で停まった。むろん、周囲は暗闇。既に直売所は閉まっている。

「野菜の無人販売所……じゃないですよね?」

先輩は無言でエンジンを切った。更には、ヘッドライトを消灯。そして「聞かせてくれ」と言った。

「さっきのホタルの里のことについて。おまえ、今回の件、どう思った?」

なぜ、改めて、きかれるのだろうか。趣旨がよく分からない。

「思ったもなにも……その、良かったな、としか」

「俺もそう思った。けど、同時に、不思議にも思った。普通なら、こんなにうまくいくはずがないんだ。沖田さんは『地元では激しい議論に』と言っていた。なのに、うまくいった。不思議だろ」

「いや、不思議とまでは」

「俺は田舎育ちだから、よく分かる。田舎の会合では、まず議論なんかにならないんだよ。音頭を取った人の意見を採用して、会合はシャンシャン。それで終わりだ。議論になったなら、その時点で村の中は分断してる。互いに、かなり感情的になってるはずなんだ」

言われてみれば、そうかもしれない。

「そうなれば、もう前向きの結論なんて出るわけがない。けど、ホタルの里の人達は違ってた。話し合って、極めて建設的な結論を出した。どうしてだ？」

「そうだ。確か、沖田さん、言ってましたよね。『ある地元の方が取りまとめに』って」

「ポイントはそこだよ。いったい、どうやったんだ。こじれかけた村の意見をまとめるなんて至難の業。俺に言わせれば、もう魔法だよ。具体的に何をやったのか。考えれば考えるほど分からない。どうだ？　気にならないか」

「まあ、気にならないこともない……ですけど」

「実は、あのテレビ電話のあと、その疑問を沖田さんにぶつけてみた。沖田さんも同じ感想を持ってたんだ。で、四国の先生に更に詳しい話をきいてくれた」

先輩は座席にもたれ、大きく息をつく。「思いもしない話だったよ」と言った。

「その魔法使いみたいな人は、話し合いの場に、参考事例として『ある自然問題』を持ち出したんだ。そして、判断を場にゆだねた。議論は再開となったけれど、もう意見が割れることはなかったらしい。結論へと一気にまとまったんだ」

「その人って……分かった。ホタルのアマチュア研究家ですね。今回の件で、幾つもホームページを見て、つくづく思ったんです。ホタルに夢中になってる人って、大勢いるんだなあって。そんな熱い思いが、村の人に通じたんですよね」

「いや、ホタルの話は出ていない」

「出ていない？　ホタルについて話し合うための集まりですよね」

「その人が持ち出した参考事例は、淡水魚のアユ。実は、アユにはあまり知られてない問題があってな。一部の人達の間では『アユの単純化問題』なんて呼ばれてる。脆弱ホタルと同じく、正式な用語じゃない。俗語に近い。でも、分かる人には分かる。その人はそれを持ち出したんだ」

何のことか、さっぱり理解できない。怪訝な顔を先輩へと向ける。

先輩は話を続けた。

「今回の件で、おまえも痛感しただろう。生き物を野に放つことには、いろんな問題がある。けれど、一昔前は善だったんだ。アユの放流と言えば、水産関係者も自然保護の関係者も、皆、大歓迎。けれど、遺伝子解析が当たり前の世の中になってきて、思いもしなかったことが判明し始めた。知らぬ間に、アユは単純化しつつあったんだ」

「あの、話の意味が、ちょっと」

「養殖試験場の系統のアユが、自然界の多数を占めるようになってきたんだよ。人間にたとえれば、『ある一族の人達だけが増えて、人口の多数を占めるようになった』なんて感じかな。自然界において、多様性って重要なんだ。それが失われると、何かを機に、一気に絶滅なんてこともありうるから」

息をのんだ。思いもしない話ではないか。

「ホタルもアユも根っこは同じ。誰もが百パーセント正義と思っていたものが、引っ繰り返ってしまった。放流は、今、新しい段階に入ってきてる。アユに関しても様々な研究がされて、単統化を避けるべく、放流が高度化してきてるんだ」

「問題があることは分かりました。でも」

先輩を見つめた。

「アユですよ、アユ。ホタルの話をしてるのに、アユのこと言われたって、ピンと来ないですよね」

「普通の感覚では、そうだろうな。だが、実際には、アユの話は話し合いの場に持ち出され、それは地域の人達の心を動かした。いや、突き刺さったと言ってもいい。なぜなんだ？」

考えてみた。見当もつかない。

「おまえは観光局にいたから知ってるだろう？　ホタルの里付近の河川を思い浮かべてくれ。アユで有名だろ。名産だと言っていい。集まった人達の大半は農家でも、親戚や知人にアユに関係してる人は必ずいる」

「でも、話し合いのテーマはホタルですよ」

「ホタルがどうであっても、『自分の暮らしは変わらない』と思ってる人は多い。けど、アユは違う。アユは、まさしく『暮らしの問題』なんだ」

先輩は大きく息をついた。

「淡水系の自然保護は難しい。自然を守れ——そんな大義名分には、誰も異論をはさまない。けれど、そのことで自分の暮らしが不便になったり、脅かされたりとなれば、話は別だ。おそらく、アユの問題が事例として出てきた時、その場にいる人は即座に身構えたと思う。自分達の暮らしに関わることだから。で、警戒しつつ、自分達自身の問題として考えた。『脆弱ホタルで人を集めて、逆に、問題になったらどうするのか』って。けど、承認された助成金申請を、わざわざ取り下げることにも抵抗がある。で、結局、方向転換という無難な所に落ち着いた」

由香は唾を飲み込んだ。

自然の細かなことは、まだよく分からない。だが、この決定の流れは、よく分かる。役所に勤めていて、物事が決まっていく様子を何度も目にしてきた。一見、前向きな結論も、前向きな議論で決まっているとは限らない。前向きの意義など、あとから幾らでも付けられる。

「これは、あくまで、田舎育ちの俺の肌感覚なんだけど……田舎には独特の防衛本能みたいなものがあるような気がする。『今ある暮らしを守ろうとする意識』とでも言ったらいいかな。これが働くと、どんなに意見が割れていても、あっと言う間に一つになってしまう。この時も、そうだったんだろうと思う。逆に言えば」

先輩は途中で言葉をのみ込んだ。なかなか話しだそうとはしない。話を続けるかどうか迷っているらしい。が、しばらくして、意を決したかのように息をつく。そして、「この話をまとめた人は」と言った。

「こういった独特の感覚が肌で分かっている。それも、微に入り細に入り、もう嫌らしいくらいに、だ。けれど、俺は会いに行きたいと思った。休耕田ビオトープに手を貸してもらえれば、大きな力になるかもしれない。で、沖田さん経由で、その人のことを尋ねた」

「どんな人だったんですか」

先輩はすぐには答えない。ハンドルに手を置いて、フロントガラスの闇を見つめ、また迷っている。

話を促すため、問いを続けた。

「この近くに住んでいる人？」

「ここから車で約半時間、山の中に住んでいる。土をひねって、茶碗や皿を焼き、竹を切って竿《さお》を作ってる」

「なんだか、世捨て人みたいな人ですね」

「世捨て人だよ。俺の親父だ」

息をのんだ。

「先輩、漁村育ちなんじゃ」

「あの事故以降、村に俺の居場所は無くなった。誰もが、よそよそしくなってな。親父は船を売って、海を捨てた」

「捨てた？　そのあとは？」

「山一つ離れた所に、炭焼き集落の跡があってな。荒れ放題になってて、村でも問題になってた。で、そこに引っ越して、今の生活を始めたんだ。最初は俺もついて行った。けど、家の中も村と同じ。親父も俺と口をきこうとしない。家にも居場所無し。で、家を出た」

ハンドルにある手が震え出している。

「ただ、勤めていたダイバーズショップの店長さんは、元々、東京の人でな。客の半分は東京からだし、村独特の雰囲気はほとんど無かった。で、その店長さんが宿の手伝いを紹介してくれたんだ。それからは南房総の宿を住み込みで転々。そんな時に内海館長と出会った。アクアパークに誘われた時は、信じられない思いだったよ。水族館という環境も良かった。入館して半年くらいの間、俺は人を嫌って、ほとんどの時間、イルカプールにいたんだ。それでも仕事は回った。他の仕事だったら、こうはいかなかっただろうな」

「あの、それから実家とは？　帰ってないんですか」

「立ち寄り程度も含めて、数回、帰ったことがある。どの時も、親父は顔を合わそうとしなかった。俺が顔を見せた時は、いつも、薪《まき》小屋の方に行ってるんだ」

「薪小屋？」

「ああ。山の奥、沢のほとりに薪小屋があってな。家からかなり離れてるから、そこにいれば、顔を合わせなくてすむってわけだ。だから、いつも、そこに行く」

先輩は唇をかんだ。

「まあ、今でも年に一回くらいは電話してるけどな。話す相手はお袋だけだよ。それも、簡単に近況を伝えるくらいでな。以前、おまえに『実家と絶縁みたいなことになってる』と言ったけど、これがその詳細だよ。で、だ」

先輩はまた途中で言葉をのみ込んだ。今度は、話すべき言葉を懸命に探しているように見える。だが、それでも、なかなか、しゃべり出さない。しばらくして、何回か深呼吸をし、思わぬことを口にした。

「これから、おまえを実家に連れて行く。同僚として」

「え？」

「アクアパークの仕事でやむをえず、ということにさせてくれ。『付近で仕事をしていて、明日の朝も早い。泊まるところが無い』ってところかな。実は、ホタルの里を出発する前に、お袋に電話して、このことは既に言ってある。仕事が理由なら、向こうも断れない」

「でも、いきなりじゃ、おうちの方の準備が」

「俺が帰った時は、いつも、こんな感じだった。親父が使ってる作業小屋があって、そこを片付けてあるはずだから。その小屋に二人で泊まる。ただし、晩飯も風呂も無い。晩飯は途中でコンビニに寄って、車の中で済ませとく。仕事帰りの身一つ、仕方なくといった雰囲気で行くから。と言うか……俺の方から『飯も風呂もいらない』と言った。だから、ただ泊まる。それだけだ」

「あの、私、泊まる準備、何もしてきてませんが」

「無理を言ってるのは分かってる。けど、準備万全だと、却って不自然なんだ。何より、こんな形でないと、俺の心が決まらない」

先輩は「すまん」とつぶやき、ハンドルを握りしめた。そして、額を手の甲へ。ハンドルに身を伏せて、声を絞り出した。

「実は、結婚の話を詰め出してから、ずっと、気になってたんだ。俺が拒絶されるのは構わない。今さら戻りたいとは思わないし、未練も無い。けれど、おまえが傷つくのは嫌なんだ。我慢ならない。そんなことになれば……俺だって、何をし出すか分からない。正直に言って、おまえを実家に連れて行きたくない。けど」

「けど？」

「昨日……修太と約束したんだ。おまえを実家に連れて行くって」

「修太さんと？」

「修太はミユをホタルの里に連れてくる。俺はおまえを実家に連れていく。『関係ないだろ』と反論したら、修太はいつもの飄々《ひょうひょう》とした調子で言うんだ。『僕も梶も逃げてることがあるよねえ』って。『何かきっかけが無いと、動けない。そうでしょ』って。その通りだと思ったよ。どこかで向き合わなくちゃならない。俺は修太の提案に乗ることにした」

うつ伏した背が震えている。

「実は、『同僚として連れて行く』というのは修太の案なんだ。それであれば、拒絶されることもない。実質、顔見せだ。そうしておけば、あとで『あの同僚と結婚することにした』と言えばいい。問題が無ければ、また挨拶に行けばいいんだし、そうでなくても、俺も『筋は通した』という気持ちになれる。負い目を感じることも無い。修太は俺の性分を俺より分かってる」

そう言うと、先輩はハンドルから顔を上げた。頬が強張っている。

「仕事が名分である以上、向こうも淡々としているはず。けれど、さっき言ったような親父なんだ。おまえに対して、どんな態度を取るか分からない。覚悟しといてくれ。傷つくだけ、無駄だから」

しゃべるたびに、頬が強張っていく。いや、もう、引き攣《つ》り始めている。

このままでは、だめだ。雰囲気を変えなくては。

「どこにだって行きますよ。二人一緒なら」

由香はわざと明るく返した。

「分かってます？　私、鈍感なんですよ。なんなら、私、運転しましょうか。先輩は助手席でゆったりとしてて」

「やめろ。もっと落ち着かなくなる」

「じゃあ」

勢いよく先輩の背中を叩いた。

「腹をくって、いざ、出発。下着の替え無しで泊まる——それだけで、私、頭がいっぱいなんです。他のことなんか、全然、気になんないです。何ですか、覚悟の一つや二つ。結婚準備に取りかかった瞬間から、そんなもの、十個分くらいできてます。先輩、一つ、あげましょうか」

先輩はようやく頬を緩めた。

「いらない。俺にだって、十個分くらいある」

そして、手をエンジンキーへとやる。ヘッドライトが暗闇を照らし上げた。車は直売所の敷地を出て、再び車道へ。車線が流れていく。

――覚悟しといてくれ。

先輩に返した言葉は嘘ではない。だが、緊張はする。しないわけがない。実のところ、緊張のしすぎで、下半身が強張ってしまっている。

握り締めた拳を太ももへ。由香は車線を見つめつつ、何度も太ももを叩いた。

2

ここが作業小屋か。

「おまえは、ここで待っててくれ。俺は、母屋に顔を出してくる。すぐに戻るから」

そう言うと、先輩は小屋の外へと出た。手を出入口の引き戸へ。

戸が閉まる。

一人、小屋に残された。せわしげな足音が遠ざかっていく。

「先輩、大丈夫かな」

先輩は明らかに落ち着きがない。あんな先輩は初めてだ。そして、自分も体全体が強張ってしまっている。こんな緊張もまた初めてだ。二人とも、自分を見失っている。かといって、今、できることは何も無い。ここで待っているしかないのだ。

大きく息をつく。由香は小屋内へと向き、周囲を見回した。

広くはない。畳敷きとして換算すれば、十五、六畳くらいといったところか。ただし、畳は無い。小屋に入って右側は上がりかまち。板敷きの間となっていて、腰掛けられる。一方、小屋の左側は土間。壁際には棚があって、土が盛られた器が並べられていた。更には、土を練る作業台と、器を形作るロクロ。そして……。

なんだろう、この匂いは。

小屋内には、どこか懐かしさを感じさせる匂いが漂っていた。かぐと、昔の情景がよみがえってくるような匂い。実際、子供の頃は、始終、かいでいたような。

「土の匂いだ」

由香は深呼吸した。かけばかぐほど、緊張が解けていく。

直売所を出てからのことを思い返してみた。長い距離は走っていない。ただ、あの敷地を出てしばらくすると、次第に、周囲の景色が変わってきた。区画整理された田んぼから、不整形の畑へと。ため池や竹林も増えてきた。道も狭くなってくる。

「ここから先は、少し揺れるぞ」

先輩はそう言って、ハンドルを切った。車は山の林道へ。狭い坂の道を上がっていく。が、すぐに高台らしき敷地へと出た。まだ奥深いという程ではない。坂に立てば、村々の田んぼが見下ろせるのだから。

先輩の話によると、ここは昔、炭焼きのためのミニ集落だったらしい。当時は三軒程あったらしいが、今は平屋の母屋が一軒のみ。あとは、作陶関係の作業場や置場になっている。だが、この敷地の奥は、うっそうと茂る森。そこに人の気配は感じられない。

――覚悟しといてくれ。

引き戸が音を立てた。

慌てて振り向く。だが、戸は動かない。どうやら、ただの風だったらしい。もう一度、胸奥へ土の匂いを吸い込んだ。そして、足を引き戸横の窓へ。

窓から小屋の外を見てみた。

敷地には仮設電灯が二本ある。街路灯のように周囲を照らしていた。薄暗いが、およその様子は見て取れる。まず、右手側の奥に母屋。少々離れて、この作業小屋。窓の真正面には自分達の車。その向こう側には、屋根付きの作業場のようなものがある。そこには何やらこんもりとした物が……。

由香は目を凝らした。

「作陶の窯《かま》だ」

薄闇の中に、レンガ作りの窯がある。実物は初めて見た。窯の左隣辺りは棚らしきものが並んでいる。半製品の置き場になっているらしい。だが、その更に隣の空間には屋根も壁も無い。ただの空き地となっていて、森の茂みまで続いている。

膝に手をついて身をかがめ、更に目を凝らした。

地面が鈍く光っている。

「あれが『物原《ものはら》』なんだ」

きれいに出来上がらなかった焼き物は、無情にも割られて捨てられる——そんな話を聞いたことがある。確か、その捨て場の名称は『物原』。おそらく、その陶片が仮設電灯の明かりを反射しているのだろう。自分は今、まさしく、森の中の作陶現場にいる。そして、ここが先輩の実家なのだ。

身を戻して、胸に手を当てた。ゆっくりと息を吸い、ゆっくりと吐く。

「大丈夫。もう緊張してない」

薄闇の右奥で明かりが揺れた。

どうやら、先輩が母屋から出てきたらしい。窓際を離れて、足を板敷きの間へ。肩の鞄を置こうとして、気づいた。壁際に衣服が積んである。

衣服の上には、手書きのメモが置いてあった。

『良平《りょうへい》が、昔、使っていたものです。こんなものでよろしければ、寝間着代わりにお使い下さい』

　メモと衣服を手に取った。柔らかな手触り。ジャージだ。土の匂いとはまた別に、懐かしい匂いが鼻をくすぐる。この匂いは……。

　足音が近づいてきた。勢いよく、引き戸が開く。

「悪いな。遅くなった」

　先輩が息を切らせつつ、小屋へと入ってきた。その手には、なにやら布袋のようなものがある。

「顔だけ出して、すぐに戻るつもりだったんだ。けど、ちょっと、お袋と押し問答することになってな。で、時間を食った。すまん」

「お父さんは？　いらしたんですか」

「いるわけない」

　先輩は苦々しそうな顔をした。

「いつものように、奥の沢にある薪小屋に行ってるよ。古くからの知り合いと飲んでるんだと。まあ、知り合いが来てるというのは、本当だろ。母屋の裏手に、親父のものじゃない車があるから。ただ、わざと、そんな用事を入れたのかもしれないな。そういう親父なんだよ。腹を立てるな」

腹など立てるわけがない。

由香はジャージを差し出した。

「これが板の間にあったんです。寝間着代わりにって」

先輩はジャージを手に取った。顔に怪訝そうな表情が浮かぶ。

「俺が高校の時、使ってたやつだ。こんなもの、置いてたのか」

「もちろん、高校時代のままじゃないですよ。この香り、直前に洗ってあります。それに、その香りに混じってるこの匂い。馴染んだ鉄の匂いですよ」

「鉄の匂い？」

「使い込んだ鉄アイロンの匂いです。ジャージのアイロン掛けって、無茶苦茶、気を遣うんです。当て布しながら丁寧にやらないと、ジャージを駄目にしちゃうから。先輩が『仕事帰りで身一つ』って言ったから。気を遣われたんだと思います。このメモ、見て下さい。たぶん、先輩のお母さんの手書きかと」

先輩はメモを手に取った。だが、すぐに目をそらした。そして、ジャージとメモを板の間へ。無造作に置く。

由香は言葉を付け足した。

「気を遣われてるんですよ、間違いなく。私だと、ここまで気は回りません」

「そうであっても、結局は、親父の言いなりなんだよ。そういう人間なんだ、お袋は。

昔から変わらない。親父が漁に出るのを見送って、風呂と食事を用意して、帰りをただ待つ。そんなことの繰り返し。俺は他の子供のように、家で躾《しつけ》など受けた覚えがない。社会で必要なことは、全部、アクアパークに入ってから覚えた。俺にとって実家とはアクアパークのことだよ。ここじゃない」

先輩は頑なだ。何にも耳を貸そうとしない。

由香は板の間の奥を指さした。

「先輩、あれ、見て。畳んだ布団が二人分。あれ、綿布団ですから、結構、重いですよ。お父さんが運んで下さったんじゃ」

「冗談じゃない。そんなわけないだろ」

語気が荒い。だが、先輩はすぐに口調を改め、「すまん」と頭を下げた。

「どうも、今日の俺はおかしい。言い争うつもりなんて無いんだ。だから、あの……なんて言うか、その……一緒に行こう。すぐにすむから」

「一緒にって、あの、どこへ」

もう、どこにだって行く。

先輩は手に持っていた布袋を掲げた。何やら瓶《びん》らしき物が入っている。持ち手の間から、のぞき込んだ。

日本酒の五合瓶だ。一緒に懐中電灯が二本入っている。

「お袋に頼まれたんだ。奥の沢にいる親父達に持っていってくれ、って。当然、断ったよ。で、押し問答。けど、『話の邪魔をしたくないなら、薪小屋の前に置いとけばいい』とまで言われてな」

先輩はため息をついた。

「たぶん、お袋は薄々勘づいてるんだろ。何年も帰ってこなかった息子が、いきなり同僚を連れてきた。それが女性なんだから。無理やりにでも、顔を合わせる状況にしようとしてんだろうな。懐中電灯が事前に二本用意してあるなんて、そうとしか思えない」

「じゃあ、どうします？　お話し中のところに、二人で割って入りますか。『こんばんは。差し入れです』って」

「冗談じゃない。薪小屋の前に置いて帰る。それ以外、無い」

先輩は強い口調で言い切った。が、すぐに、また口調を改める。弱々しげな口調で「だから、その」と続けた。

「行こう、一緒に。置いて帰るだけだから。まあ、俺一人で行ってくれればすむ話なんだけど……その、なんだ……ともかく行こう。一緒に」

今夜の先輩は揺れに揺れている。

由香は黙ってうなずいた。

3

敷地の奥は、うっそうと茂る森。そんな森の中に、真っ直ぐな土の道がある。地面は踏み固められ、両側には高い木々がそびえ立つ。まるで神社の参道のようだ。

由香は足を止め、空を見上げた。

高い枝の間に、きらめく星々。そして、輝く満月。満月は森の中の道を照らし上げている。街中より、ずっと明るいように思えてならない。

懐中電灯を消し、傍らを見やった。

「先輩、これなら、懐中電灯無しでも行けますよ」

「この辺りまでは、まだ集落の跡地なんだ。問題は、この道の先」

先輩は奥を指さした。真正面は暗闇に包まれている。

「あの辺りから、狭い山道に入る。周囲は草むら。頭上には木々が張り出してる。当然、足元は薄暗い。懐中電灯が無いと無理だな。無理せずに行こう」

先輩と二人、参道のような道を行く。ほどなく、真正面の暗闇に到着した。なるほど、行き止まりかと思うほど、急に狭くなっている。が、狭い山道は、薄暗い茂みの中を、奥へ奥へと続いていた。

「俺が先に行く。ついて来てくれ。特に危ないという程の所は無いと思う。けど、夜の山道なんだ。油断は禁物。足元には注意してくれ」

そう言うと、先輩は茂みの中の山道へ。その背を追って、自分も足を踏み入れた。数メートル程も進むと、頭上は木々の枝で覆われてくる。周囲の茂みも深くなってきた。懐中電灯の明かりが揺れる。

「ここに段差がある。木の根が出てるから、つまずくな」

「了解。木の根っこ。気をつけます」

少し進むたびに、先輩は立ち止まって注意。自分は復唱し、ついていく。やがて、先の方から、水の音が聞こえてきた。目的地が近づいているらしい。

先輩が懐中電灯を道の先へ向けた。

「あの茂みの辺りから、傾斜が強くなって土手のようになってる」

シダの茂みだ。山菜のゼンマイが揺れている。

「でも、右側の大きな木を伝っていけば、簡単に上がれる。ただし、左奥から張り出してる枝は山椒《さんしょう》の木だ。棘《とげ》があるから、気をつけろ。ともかく、俺が上がるのを見ててくれ。その真似をすればいい。別に難しくはないから。ただし」

先輩は声を落とした。

「悪いが、懐中電灯は消してくれ。あの辺りは、頭上を遮《さえぎ》るものが無い。月明かりで十分だ。声も出すなよ。土手の上は、もう、沢のほとりだから」

黙って、うなずく。

先輩は布袋を肩にかけ直した。そして、シダの茂みへと向かっていく。まずは、右手を大きな木の幹へ。木から木へと、伝うようにして上がっていく。そして、軽々と土手の上へ。草むらに立つと、こちらを振り向き。小声で言った。

「オーケー。来てくれ」

自分も右手を木の幹へ。だが、先輩のようには、うまくいかない。木から木へと、すがりつくようにして上がっていく。土手の上の草むらに手をつき、太い木の根元を蹴った。這い上がるようにして、土手の上へと出る。

先輩が小声で言った。

「危なくないと言ったけど……おまえを見てると、危なっかしいな」

「大丈夫ですよ。不格好なだけです」

土を払いつつ、草むらに立った。

小庭程度の平坦な草むらだ。右奥には板張りの小屋が建っている。裏手には太い丸太が何本か積んであった。あれが薪小屋に違いない。

「じゃあ、薪小屋前に置いてくる。ここにいてくれ」

先輩は薪小屋の方へと向かっていく。

草むらの小庭で、一人、大きく息を吸った。うるおいがある。そして、涼しい。渓流の水音も心地よい。かすかに滝の音も混じっている。

どこからか、人の声が聞こえてきた。

「悔いばかり。そんな人生ですよ」

渓流の方からか。

慌てて、正面奥へと目を向けた。背の高さほどに、細長い草が生い茂っている。その上にはカエデ、根元辺りには山フキ。まるで、天然の生け垣だ。先程の声は、その向こう側から、聞こえてきたような気がする。

また、聞こえた。

「そんなものですから、人目を避けて、山にこもることとなりました。で、こうして、日々、一人で黙々と土をひねっておりまして」

由香は目を凝らした。

茂みの向こうに、人影が二つある。言葉に合わせて、左側の人影が腕を動かし、作陶の動作をしていた。今、話しているのは、こちらの方に違いない。

人影の動きが止まった。

「ただ、これも……時間をやり過ごすためだけに、やっていることなのかもしれません。無為な暮らしです。人と交わることもなく、それを淡々と続けております」

「そうでもないでしょう」

右側の人影が返した。

「聞きましたよ。ホタルの里に力をお貸しになったと」

「あれは、たまたまです。知人に連れて行かれて、顔を出しただけのこと。窯焚《かまた》きを手伝ってくれる知人がいるんです。そのお返しとして、時折、農作業を手伝っておりまして。明日も畑の秋植えを手伝いに行くんですが」

「その時もですか。全て、たまたまだったと」

「その時は、確か、畑の畝《うね》立ての手伝いだったと思います。一汗かいたあと、『酒があるから』と、地元の集まりに連れて行かれた。で、つい、余計なことを口にした。それだけのことにすぎません」

「それだけのこと？　私にはそう思えませんが」

「海からは離れても、自然からは離れられない。それだけのことです。薪を割り、竹を切って、土をひねり、時に窯を焚く。同じことの繰り返しです。そんなことをやり続けて、長い……長い年月がたちました」

「長い年月……それは、そうですね。確かに、長い年月がたちました」

話の内容から判断する限り、左の人影が、先輩のお父さんなのだろう。そして、右側の人影が、訪れてきた古い知り合いに違いない。

先輩が薪小屋から戻ってきた。先輩は人影の方を一瞥《いちべつ》。だが、すぐに目をそらし、小声で「行こう」と言った。

「今、親父と面倒を起こしたくない。客人がいるんだから」

黙ってうなずいた。先輩の気持ちは分からないでもない。人影に背を向け、土手へと一歩。が、次の瞬間、思いもせぬ言葉が聞こえてきた。

「梶君は変わりましたよ。ほんとに」

慌てて足を止め、振り向いた。梶君？　父親が息子に君づけするわけがない。とすれば、言ったのは客人の方か。

右の人影が言葉を続けた。

「実に、たくましくなりました。私が思っていたよりも、ずっと。そして、自分にぴったりの伴侶《はんりょ》を見つけた。今日、彼が連れてきてる女性なんですが」

右側は誰なんだ。どうして、結婚のことを知っている？

「彼から結婚のことを聞いた時、それだけの年月がたったのだと思いました。で、いろんなことが思い浮かんできたんです。昔のあれこれがね。覚えておられますか。初めてお会いした時のこと？」

「もちろんです。南房総の船宿でした。民宿を兼営している船宿で、そこを内海さんは定宿になさってた。その二階の座敷でした」

内海？　内海館長か。

内海館長なら、結婚のことを知っていて、当然だ。先輩が最初に報告した人なのだから。だが、今、館長は「今日、彼が連れてきてる女性」と言った。なぜ、今夜、自分達がここに来ていることを知っている？　自分でさえ、直前に話を聞いたのだ。誰も知っているわけない。それなのに……。

いや、一人、知っている。

――修太と約束したんだ。

修太さんが知っている。先輩の話によれば、今夜のことは修太さんの提案との由。では、修太さんが仕組んだのか。いや、さすがに、それは考えにくい。では、いったい、誰が。他に知っている人と言えば……チーフか。

――裏で秘密の作戦をねらなきゃな。

チーフがそう修太さんに言っていたことがある。確か、あれは……先週、ペンギン舎横の小部屋でのこと。奇跡のカワバタモロコで盛り上がっていた時だった。だから、気に留めなかったのだ。だが、チーフと修太さんという珍しい取り合わせに、妙な気がした。もしかすると、『裏で秘密の作戦』とは、今日のことだったのではないか。

そう考えれば、辻褄《つじつま》は合ってくる。そして。

由香は唾を飲み込んだ。

そのチーフは誰から結婚のことを聞いたのか。これは考えるまでもない。まさしく、今、ここにいる内海館長からだ。つまり。

全部、つながってる。

館長からチーフ。チーフから修太さん。とすれば、全体を仕組んだのは、内海館長だと考えるのが妥当だ。だが、根本のことが分からない。内海館長は、なぜ……。

「こんなことを」

つぶやいたとたん、肩をつかまれた。振り向くと、先輩が指を唇に当てている。そして、その指で足元の地面を指さし、かがみ込んだ。そして、渓流の人影の方を見つめる。慌てて、自分もかがみ込んだ。話をしている二人に気づかれてはならない。

「今でも忘れられませんよ」

右の人影――内海館長は感慨深そうに言った。

「あの時は、面くらいました。部屋に入るなり、『なにとぞ』と仰って、畳に手をお付きになる。そして、深々と頭をお下げになって、なかなか、お上げにならない。今だから言いますがね、『まずいところに来た』と思いました」

「船宿の主人から聞いてたんです。内海さんは水族館の館長をなさってる人。今、若いスタッフを探していると。ならば、良平のことを、お願いできるのではないかと。今から考えると不躾《ぶしつけ》なことをしたものです。ですが、あの時は、そのことだけで頭がいっぱいでした」

左の人影――先輩のお父さんは隣を見やった。

「あの時、私は、大雑把なことしか、事情を申し上げませんでした。なのに、内海さんは何もお尋ねにならなかった。その……なぜ……なぜなんです」

「要は、若いスタッフを採用するかどうかですからね。その本人と会う前に、余計な先入観を持ちたくなかったんです。いかにも先入観を持ってしまいそうな複雑な事情のように思えましたしね」

館長は自嘲気味の笑いを漏らした。

「何も偉そうに言ってるわけじゃないんですよ。当時のアクアパークでは、若いスタッフが頻繁に入れ替わっていました。立派な経歴の方があっさりとお辞めになる。採用の失敗が続いてたんです。私は、これ以上、失敗できない立場にありました。実は、私も必死だったんです。こうなれば、採る方法は一つ。自分が、直接、会って感じるしかない。良平君の人となりをね」

「人となりを？」

「水族館を志望される方って、職場に極めて良いイメージをお持ちなんです。『豊かな自然と、かわいい生き物。それを肌で感じられる職場』といったところでしょうか。そして、現実に幻滅して、お辞めになる。ところが、当時の良平君はまるで違ってました」

先輩が傍らで身を震わせた。

内海館長の話が続く。

「彼は自然や海に強い関心を持ちつつ、同時に、嫌っていました。嫌いつつも、そこから離れられない。そんな葛藤が伝わってきた。で、直感で思ったんです。この若者を、アクアパークは採らなくてはならない。ただね、不思議にも思いました。いったい、彼に何があったのか」

「良平に……おききになったんですか」

「いいえ。大雑把な事情は、二階座敷でお会いした時に聞いていますから。それ以上の細かなことなど、敢えてきくことではない。そう思いました」

背後の森でフクロウが鳴く。

今度は内海館長が隣を見やった。

「あれから、多くの年月が流れ、今日を迎えることとなりました。いかがです？　結婚を決めた二人に、声をかけてやってくれませんか。今日でなくてもいい。どんな形でもいいんです」

「お言葉はありがたい。ありがたいんですが……できません。私にその資格は無い。そう思っとります」

「ほう？　これは異な事を仰る」

内海館長は珍しく声を荒らげた。

「あの時、私は良平君をお預かりした。私には責任がある。結婚の報を受けて、今、少し責任を果たせたような——そんな思いでいるんです。にもかかわらず、実の父であるあなたは、思いもせぬことを仰る。納得がいかない。理由をお聞かせ願えませんか」

「お分かりいただくためには、昔の込み入ったことをお話しせんとなりません。あの頃の……事故の背景の話を。随分と昔の、しかも、田舎臭い話です。お聞きいただけますか」

「もちろんですよ。今日ここに来たのは、それが目的でもあるんです。もう、先入観など関係ありませんから」

だが、ここで話は途切れた。

渓流の水音が身を包んでいる。また、フクロウが鳴いた。夜風に山フキが揺れる。カエデも揺れた。沈黙は続いている。永遠の時間に思えた。だが、実際には、数分程度だっただろう。

茂みの中から、ようやく声が聞こえてきた。

「なぜ、あんなことになったのか。今も、はっきりとしたことは分からんのです」

咽奥から、無理やり絞り出しているような声だった。

「潜水事故で亡くなったのは、港の裏手にあった工場の娘さんでした。水産物加工の工場で、わしらァ、運命共同体みたいなもんだったんです。そこの親父さんは元漁師。先代から工場を託されて跡を継いだんですが、継いだあとも、わしらにとっては兄貴分のような人でした」

そっと傍らの先輩をうかがった。

先輩は人影を食い入るように見つめている。

「娘さんの名は涼子ちゃん。涼子ちゃんは幼い頃から港で遊んでいて、わしらァ漁師にとって、自分の娘みたいなもんでした。良平とは、確か、七つ違いだったと思います。彼女が高校生の頃、良平はまだ小学生。その頃の良平は落ち着きがありませんで、よく宿題を放り出しては、一人で浜へ遊びに行っておりました。それを涼子ちゃんは叱って、宿題を手伝ってくれたりして。良平も涼子ちゃんの言葉には素直にうなずいとりました。いい時代だったと思います、あの頃は」

突然、薄闇を切り裂くような鳥の声が響き渡った。キーッ。時折、森の中で耳にする声だ。だが、何の鳥の声かは分からない。

再び渓流の水音が身を包む。話は続いた。

「ですが、良平が高校を卒業した頃から、世の中は大きく変わってきたんです。景気が悪いのに、ガソリンが高騰し始めた。わしらには痛かった。気軽に船を出せんようになってしまいましたから。けど、一番打撃を受けたのは、わしらよりも工場の方でした。工場が潰れれば、港の暮らしが一変してしまう。わしらァ、心配で心配でなりませんでした」

「良平君は？　当時の彼は、どの程度、理解してたんですか」

「あの子は高校を出たばかり。暮らし向きに興味を持つ年頃ではありませんでした。ダイビングに夢中になっとりまして、『船が出せん』と言うても、面倒くさそうな顔で聞いとりました。たぶん、小うるさい大人の愚痴《ぐち》――そのくらいにしか考えてなかったと思います」

先輩は地面に片膝をつき、身動き一つしない。が、肩が細かく震えていた。茂みの向こうを見つめながら。

「工場の苦境は、わしらにも伝わってきました。当時、涼子ちゃんは工場で経理の手伝いをしとりましたから、当然、わしら以上に分かってたはずです。心を痛めとったに違いありません。けど、そんなところに、いい話が舞い込んできたんです」

「いい話？」

「工場の取引先に東京の水産物卸会社がありまして、そこが資金援助してくれるという話です。聞くところによると、相手は遠い親戚筋。それも本家筋に当たる関係とのことでした。親父さんが頼み込んだのか、向こうからの申し出だったのか、詳しいことは分かりません。ただ、昔ながらの田舎くさい地縁血縁での話です。ご理解いただけるかどうか分かりませんが」

傍らで動く気配がする。

先輩が地面に両膝両手をついていた。そして、身を乗り出し、手で草を握りしめている。その手も震え出していた。

「けど、こういう話に付きモンの事柄も出てきました。縁談話です。両家が一体になって絆《きずな》を深めるっちゅう趣旨で、実に、めでたい話です。わしらァ、ほっとしました。涼子ちゃんも喜んどるように見えました。縁談話をすると、いつも笑顔で返してくれるんです。『ありがとうございます』っちゅうて」

人影は夜空を見上げた。

「ほんと、優しくて、気立ての良い子でした。その幸せを願わん者などおらんかった。皆、善意から動いとったんです。善意、善意、善意。で、あの子は身動きとれんようになってしもうた。その胸の内を、誰も推し量ろうとはせんかったんです」

話は途切れた。が、人影は動こうとしない。夜空を見上げたままでいる。が、しばらくして、大きく首を横に振り「いや」と言った。

「正直に言って、胸の内を知るのが怖かったんだと思います。もし、彼女の口から良平の名が出てくれれば、全てが壊れてしまう。わし自身、そんな気持ちでした。良平はまだ二十歳になったばかり。体つきは一人前になっても、まだ自分のことしか見えとらん。涼子ちゃんの立場も、村の暮らしも分かってない。どうにもならんと」

声が濁っている。

「そして、何より……彼女自身、自分の本当の胸の内を明かそうとは、決して、せんかった。そんな状況の中で、あの潜水事故は起こったんです。良平から習ったばかりのダイビングで……一人で……一人で潜ったのは、あの子なりの自己主張……悲しい、悲しい抵抗だったのかも……しれません」

傍らで、先輩が小さな嗚咽を漏らした。唇を噛《か》みしめ、震えを懸命に抑えようとしている。だが、腕と手の震えは止まらない。それでも、先輩は人影から目をそらそうとしない。食い入るように見つめている。先輩は今、昔の自分と向き合おうとしているのだ。

先輩、大丈夫。落ち着いて。

そっと、先輩の手に自分の手を重ねた。その震えを感じつつ、自分も人影を見つめる。先輩と二人、向かい合わなくてはならない。

人影はゆっくりと顔を戻した。

「結局、工場は無くなり、港の裏手は空き地となりました。港の暮らしも一変してしもうた。こうなると、誰かのせいにせんと、人間の心は収まらんのです。村のモンの目は良平に集中し、良平は荒れました。今時の父親なら、優しい言葉をかけてやり、かばってやるんだと思います。けど、わしにはできんかった。わし自身、自分の愛娘《まなむすめ》を亡くしたような心持ちになってしもうて……」

言葉は続かない。無理に続きを促す言葉も無い。ただ、沈黙。清流の水音は続いている。そして、再び、絞り出すような声が沈黙を破った。

「わしァ、船を売って、陸《おか》へと上がりました。良平に対しても、縁切りに近い態度を取ってみせた。村のモンにも分かるように、です。不思議なもので、そこまでしてみせると、もう、誰も何も言わんのです。それどころか、目につかない所で、こっそりと手助けしてくれる。そんなツテをたどって、内海さん、あなたへとたどりつきました。そして、良平はあなたに拾ってもらえた」

背後の森で鳥の声が響いた。キョッ、キョッ、キョッ。今度は森を彷徨《さまよ》うヨタカの声だろうか。その声は短く、鋭い。そして、どこか、もの悲しい。

「わしは情けない人間です。息子と縁を切ることでしか、息子を守れませんでした。わしの生き方では、それ以外はできんかったんです。だから、父親を名乗る資格なんぞ無い。あってはならんのです」

人影はそのまま黙り込んでしまった。三度目の沈黙。だが、今度は内海館長が沈黙を破る。「大変失礼ながら」と言った。

「あなたは勘違いなさってるように思えます。いいですか。あなたは初対面の私に向かい、額を畳にこすりつけ、深々と頭をお下げになった。なぜなんです？　縁を切ったなら、なぜ、そんなことをなさったんです」

「それは……」

「切れてなんかないんですよ。確かに、世間でありがちな親子関係ではなかったかもしれない。けれどね、あなたは父親で、良平君は息子。ずっと、つながってたんです。複雑な事情がね、それを見えにくくしてただけです」

「そうでしょうか」

「ええ。自信を持って、そう申し上げます。私はずっと良平君を見てきました。出会ったばかりの彼は自然を嫌い、海を嫌っていた。それでいて、離れられなかった。おそらく、親子関係でも同じ葛藤を抱えていたと思います」

「良平が、ですか」

「ええ。それが彼なんです。しかし、長い時間をへて、彼は知りました。世に満ちる幾つもの矛盾を、です。自然に関する仕事って、矛盾だらけですから。そして、それらを踏まえた上で、力をつけました。物事を押し進められる力を、です。最初に、私は『たくましくなった』と申し上げました。それは、こういう意味なんです。断言しますよ。時間をかければ、必ず、元へと戻ります」

「元へと戻る？　そんなことがあるんでしょうか」

「ありますとも。世の中には、時間をかけることでしか、解決できないものってあるんです。でもね、今、その時間がたったんですよ。だから、もう動き出せばいいんです。少しずつ、少しずつ。地道にコツコツ。そうやって歩んでいけばいいんです」

「内海さん、しかし、わしは、その……分からんのです」

「分からない？」

「こんな関係を続けて十数年、わしは……分からんようになってしもうたんです。息子と、どう接したらいいのか。何を、どうやったらいいのか。全く分からんのです」

「急ぐことはないんですよ。自然相手の仕事をしてますとね、つくづく思うんです。皆さん、結論や結果を急ぎすぎる。そんなものは、あとから振り返って、『あれか』でいいんです。取りあえず、やって当たり前のことから始める。まず一歩です。目指す事柄がはっきりとしてるなら、今やるべき事柄も見えてくるものですから。そして、それを地道に積み重ねていく。そうやってね、戻らないものなんて、世の中には無いんですよ」

その時、自分の手に何かが落ちた。熱い何かが。目を向けると、手の甲に大きな滴《しずく》。滴の上に、また滴。次から次へと落ちてくる。

涙だ。

慌てて、顔を上げた。先輩の目から涙があふれている。涙は頬を伝い、重ねた二人の手へ。まずは自分の手へと落ち、甲を伝って、先輩の手へ。滴、滴、また滴。一筋、二筋と流れていく。その流れは止まることがない。

そっと、先輩へ肩を寄せた。

「先輩、戻りましょう。作業小屋に、ね」

先輩は自分の手を握ってきた。震えている、子供のように。

「大丈夫ですよ。一緒に、ね」

先輩がぎこちなく何度もうなずく。

由香は手を強く握り返した。

4

薪小屋から帰ってきて、一時間半ほどたつ。

梶は布団から身を起こし、由香の寝顔を見つめていた。

「今日は、ありがとうな」

奥の沢からの帰り道については、よく覚えていない。ただ、どうにも足元が定まらず、山道で何度も転《こ》けたような気がする。そして、こいつに支えられるようにして、作業小屋にたどり着いた。そこから先のことは、よく覚えている。小屋に入るなり、今度は、こいつの方が泣き出したのだ。理由をきいても、黙って首を横に振る。そして、こう言った。

「なぜ、涙が出るのか分からないんです」

そんな姿を目にして、逆に、自分は落ち着いてきた。一緒に布団を敷き、寝る準備をしたが、まだ、ぐずるように泣いている。仕方なく常夜灯だけにして、先に自分が横になった。寝入った振りをしていると、安心したらしい。傍らで、横になる気配がする。それから約一時間、ようやく寝息が聞こえ始めた。かくして、今、薄明かりの中で身を起こし、寝顔を見つめている。

「悪かったな」

奥の沢で昔の話が出た時は、身が震えた。食い入るように見つめつつも、どこか、逃げ出したい気持ちもあった。実際、一人でいたなら、そうしていただろう。けれど、傍らには、こいつがいた。それで踏みとどまることができたのだ。

「ごめんな」

ずれた毛布を整え、肩口にかけてやる。そして、自分も再び横になった。常夜灯の明かりを見つめる。頭の中に内海館長の言葉が浮かんできた。

――時間をかけることでしか、解決できないものってあるんです。

あの人はずっと年上のヒトだった。胸の中では、ずっと。だが、今夜、改めて、気づかされたのだ。今の俺は、あの人の年を軽く越えてしまっている。

――でもね、今、その時間がたったんですよ。

あいつの寝息が聞こえる。

その寝息に自分の息を合わせてみた。吸って、吐いて、吸って、吐いて。不思議だ、落ち着いている。この作業部屋で、こんな気持ちになるのは初めてではないか。吸って、吐いて、吸って、吐いて。やっぱり不思議だ。落ち着いている。

体の余分な力が抜けていく。

次第に、意識が曖昧になってきた。眠って大丈夫だ。不安になることはない。憤ることもない。今は一人ではないのだから。ゆっくりと目を閉じた。意識はゆっくりと深いところへと向かっていく。深くて温かいところへ。そして……。

夢を見た。

夢の中の自分は、明るい海の中にいた。ダイビングに夢中になっている。それと同時に、どこかで、これが夢だと分かっている自分もいる。こういったことを考えている自分はどちらなのか。それは分からない。

ふ、ふ。

笑い声がした。懐かしい声だと思った。昔、その声を聞きたくて、わざと拗《す》ねたふりをしたことがある。そして、甘えた。思う存分、甘えた。そんな思い出の詰まった懐かしい声。耳にすると、いろんな出来事がよみがえってくる。

ふ、ふ。

夢の中の自分は、周囲を見回した。

明るい。何もかもが明るい。

そんな海底から大きな泡が一つ湧き上がってきた。そして、もう一つ。更に、もう一つ。湧き上がる泡に包まれて、あの人は揺れていた。以前の夢のように、沈んでいきはしない。泡と一緒に、海面へと向かっている。

ふ、ふ。

あの人は舞うかのように、ゆらりと揺れた。そして、明るいところへ。包み込むように、ふわりと揺れた。そして、きらめくところへ。ゆらり、ふわり。まるで、羽衣があるかのように。ゆらり、ふわり。

――良平くんもね、大人になったんだよ。

大人に?

――そう。大人にね。

嗚咽が漏れ出る。涙がにじんだ。むろん、潜水パニックではない。自分は、ただただだ、舞い上がるあの人の姿を見つめている。

——良かったね。

あの人はまばゆいばかりの光の中へ。その姿が滲んでいく。涙が止まらない。どこかで考えた。この涙は夢の中の自分のものなのだろうか。それとも、夢を夢として見ている自分のものなのだろうか。

分からない。分かる必要も無い。

まぶしさは膨らみ、自分をも包んでいく。

梶は湧き上がる感情に身を任せた。

5

茂みの向こうに人影が二つ。揺れている。

由香もまた夢を見ていた。

確か、自分達は作業小屋に戻ってきたはず。とすれば、これは夢なのだろうか。夢であっても、先輩のことは気にかかる。隣を見た。だが、先輩の姿が無い。ただ森の薄闇だけがある。

動悸がした。

探さなくては。今、先輩を一人にはしておけないのだ。森の中へと飛び込んだ。奥へ向かって呼びかける。先輩、どこですか。だが、声は返ってこない。動悸が更に激しくなった。先輩、どこ？　どこにいるんですか、先輩——


「先輩」

由香は布団の上で目を覚ました。

周囲は薄暗い。頭上には常夜灯の明かりがある。その背景にある天井は板張りで、自分には見覚えがない。

ゆっくりと体を起こした。

土の香りが鼻をくすぐる。その香りで記憶がよみがえってきた。そうだ。ここは作業小屋。確か、先輩は常夜灯の明かりだけにして、すぐに就寝。それを確かめて、自分も横になった。ならば。

横の布団へと目をやった。

先輩が寝息を立てている。手をついて顔を寄せ、様子をうかがってみた。目に少し涙がにじんでいる。けれど、苦しげな表情には見えない。むしろ、どちらかと言えば、安らぎの表情に思える。

これなら、大丈夫だ。

姿勢を戻して、安堵の息をついた。

その時、視界の片隅で、何かがちらつく。土間へと目を向けた。部屋奥の薄闇には、土の容器とロクロの陰。これは寝る前と変わりない。が、違うところが一つ。窓の片隅に、小さな明かりがあるのだ。ゆっくりと点滅を繰り返している。

もしかして、ホタル？

夕刻、畦の水路で見たホタルの明かりよりも、くっきりとしている。暗闇に目が慣れているせいだろうか。いや、これがゲンジボタルに違いない。なにしろ、一番の生息地、清流が近くにあるのだから。ただ、ゲンジボタルだとすれば。

「かなり、季節外れなんだよな」

もう少し近くで見てみたい。

先輩を起こさないように、そっと立ち上がった。土間へと下りると、点滅は大きく旋回。ゆっくりと離れていく。

「庭側にいたんだ」

音を立てぬように引き戸を開けた。月明かりの庭へと出る。

ホタルは自動車のボンネットにいた。近くまで寄ると、舞い立ち、母屋の方へと向かっていく。軒下の薪に止まった。しばらくすると、今度は窯の方へ。焚き口辺りに止まり、点滅を繰り返している。更には、陶片が散らばる物原の方へ。あたかも、名残を惜しんでいるかのようだ。庭の各所を巡っている。

物原へと足を向けた。

だが、その瞬間、物原からホタルは舞い上がった。こちらへとやって来て、目の前で方向転換。敷地の奥、森の方へと向かっていく。そして、参道のような道で大きく旋回。左右の茂みを行き来きし始めた。

まるで、誘われてるみたい。

不思議だ。夢を見ているような心持ちになっている。誘われるがまま、道へと足を踏み入れた。それを待っていたかのように、ホタルは高く舞い上がる。星空を背にして、枝から枝へ。奥へ奥へと向かっていく。

「待って」

ホタルは奥に向かうのをやめ、木々と星空の境で舞い始めた。優しく、ゆらり。包み込むように、ふわり。枝葉の陰で、見え隠れしている。その陰から離れると、星から星へ。ゆらり、ふわり、ゆらり、ふわり……。

ふ、ふ。

「だれ？」

周囲を見回した。が、誰もいるわけがない。気のせいだったのだろう。もう一度、空を見上げた。ホタルは木々の枝から離れ、星と星の間で舞っている。別れを告げるかのように。ゆらり、ふわり、ゆらり、ふわり。

——良平くんをお願いね。

そして、消えた。星空へと溶け込んでいくように。目をこすって、再度、見てみた。

だが、もう、ホタルの姿は無い。ただ、星だけがきらめいている。

「由香、どうしたっ」

顔を戻して、ゆっくりと振り返る。

先輩が息を切らしていた。小屋から走ってきたらしい。

「目を覚ましたら、横で寝ていないから、びっくりした。どうしたんだ。何かあったのか」

「いえ、何も」

この返事は正しくない。けれど、言葉では言い表せない。涙だけが出る。作業小屋にたどり着いた時のように。別に、悲しいわけではない。ただ、いろんな人の思いが自分の胸の中にあって、交じり合い、湧き上がってくるのだ。それを感じると、涙が出る。そして、止まらなくなる。

「先輩」

由香は梶を見つめた。

深いの森の中に、自分達は立っている。誰に言われるでもなく、二人で向かい合って立っている。一歩、足を進めて、先輩の元へ。そして、もう一歩。

立ち止まって、再び、先輩を見つめた。

「私達、ずっと一緒ですよ。嬉しい時だって、悲しい時だって、一緒ですよ」

「どうしたんだ、いきなり」

「だから……だから」

先輩へと歩み寄る。そして、胸元へ。その胸を叩いた。

「一人で苦しむなんて、だめですよ。絶対、絶対、だめですよ。一緒なんですから。分かってますか。だめなんですよ」

胸を更に叩く。叩きに、叩く。先輩は更に揺れる。揺れに、揺れる。

「分かって……る」

肩をつかまれた。引き寄せられる。

胸の中で、先輩の声を聞いた。

「いや、違う。今、分かったんだ。今日、ここに来て、本当に分かった」

腕の力が強くなる。

「ありがとう……な」

先輩の服をつかんだ。額をつけて、しがみつく。

由香は、ただただ、涙を流し続けた。

6

深い霧はもう晴れた。窯は朝日の中にある。

作業小屋の窓際で、由香は目を細めた。

何もかもが、はっきりと見える。暗がりの中で見た景色とは大違いだ。だが、小屋に漂う土の香りの懐かしさは、昨夜と何ら変わらない。

室内へと向き直って、大きく息を吸った。そうやって、土の香りを胸の奥底へ。そして、ゆっくりと息を吐く。

背後で扉の音がした。

「待たせたな」

先輩だった。

「母屋で一言、お袋に挨拶してきた」

「お父さんは？」

「もう出かけてる。秋植えの手伝いらしい。まあ、これはわざとじゃないだろ。昨日、沢でも言ってたから。それと……ええと、あれ。お袋には言っといた」

「言っといた？」

「連れてきた同僚と結婚するつもりだって」

「お母さんは何と」

「分かってるって。それ以上は何も言わなかったけど、笑ってた。まあ、今のところはここまで、ということで許してくれ。それより、帰り支度だ。準備できたか」

「準備も何も……お布団を畳んだら、もう何も。荷物はあれだけ」

板敷きの間に置いた鞄へと目をやる。

先輩は「そうだったな」と苦笑いした。

「じゃあ、行くか。鞄を持って、先に車に乗っておいてくれ。俺は小屋の鍵を母屋に返さなきゃならないから」

「あの、車の鍵は？」

「昨夜から付けっぱなしにしてある。移動させる必要が出てくるかもしれなかったから。俺達が寝てる間に、そうなるとまずいと思ってな」

鞄を手に取った。先輩と一緒に庭へと出る。

朝日が身を包んだ。まぶしい。目を細めつつ、車の方へ。先輩は小屋を閉め、母屋へと向かっていく。それを横目に見つつ、大きく伸びをした。

朝だ。心地のいい朝が来た。

身を戻してから、大きなあくび。足を更に車の方へ。が、助手席に回ろうとして、足を止めた。運転席に何かある。

何だろ。

紫の風呂敷に包まれた四角い物が座席に置いてある。運転席のドアを開け、手を包みへとやった。上品な手触り。絹の風呂敷ではないか。

包みを車から取り出した。さほど重くはない。耳元で軽く振ってみた。微かに物音がしている。が、それが何なのかは、分からない。

「どうした？　運転したくなったか」

先輩が戻ってきた。

包みを持ったまま、先輩へと向く。「あの、これ」と言いつつ、差し出した。

「運転席に、これが」

先輩は包みを手に取り、怪訝そうな表情を浮かべた。車のボンネットに包みを置く。

そして、自分の方を見た。

「おまえの荷物じゃないよな」

「そんなに大きな物、鞄には入りませんから。そもそも、絹の風呂敷なんて、持ってませんし。先輩のお父さんか、お母さんが置かれたんじゃ」

「だろうな」

そうつぶやくと、先輩は動かなくなってしまった。黙って包みを見つめている。ししばらくして、意を決したかのように息をつき、手を結び目へとやった。

結び目が緩む。絹の包みが解けていく。

絹の中から薄茶色の箱が現れた。ただの箱ではない。流れるような木目、凜《りん》としたたたずまい。桐箱ではないか。その上には封筒が置いてある。

封筒には流れるような達筆で、自分達の名前が書いてあった。

『良平殿』『由香殿』

先輩は封筒を手に取った。それを傾けると、中からは和紙便せん。再び、流れるような達筆で、こうある。

『浜焼き』

由香は梶を見上げた。

「先輩、浜焼きって、何ですか」

「野焼きだよ。浜辺での野焼きを、たまに、そう呼ぶ人がいる」

「あの、野焼きって？」

「焼き物を作る方法の一つ。まず、地面にくぼみを作るんだ。そこに茶碗や皿を置いて、藁《わら》や木の枝の焚き火で焼く。原始的な焼き方で、荒っぽい。だから、どうしても、仕上がりにムラが出る。大量には焼けないし、効率的じゃない。けれど、うまくいくと、何とも言えない深い味わいになるんだ」

「じゃあ、桐箱の中に、その野焼きが？」

先輩は黙ってうなずき、目を桐箱へ戻した。桐箱を見つめて、また、息をつく。ためらい気味に桐箱へと手を伸ばした。が、途中で動きを止め、自分の方を見る。そして、「頼む」と言った。

「おまえが……開けてくれ」

「あの、いいんですか」

「ああ、頼む」

そう言うと、先輩は一歩後ろへ。代わって、自分が桐箱の前に立った。

手を桐箱へとやり、慎重に蓋《ふた》を取る。思わず息をのんだ。真っ白の中に薄茶色が二つ。箱には真綿。その真ん中辺りに、大小二つの湯飲み茶碗が並んでいる。

焼き物のことは、あまり分からない。でも、これなら分かる。

「夫婦《めおと》茶碗……だ」

どちらの茶碗にも、流れる雲のような景色が焼きついている。技術的なことは分からないが、なんとも味わい深い。この茶碗には作った人の気持ちがこもっている。

「先輩、お父さんが、運転席にこれを？」

「たぶんな」

先輩は鼻をすすった。便箋を見る。次いで、自分を見る。そして、ぶっきらぼうに

「なんだよ」とつぶやいた。その口調には覚えがある。出会ったばかりの頃、よく耳にした。昔の先輩の口調だ。

「おまえって、ほんとに『殿』って言葉が似合わないな」

「それは、先輩もですよ」

「そうだよ。似合わない。ほんと、似合わない」

先輩の目が潤んでいる。

それをごまかすかのように、先輩は目をそらした。庭の奥へと目をやる。

朝日の中で、何かが、きらめいていた。物原の陶片だ。失敗作として割られた陶器の破片。それが、今、まばゆい程にきらめいている。

「親父失格の親父。それに」

声が詰まった。涙のせいか、少し濁っている。

「息子失格の息子だよ」

そう言うと、先輩は涙がこらえ切れなくなったらしい。慌てた様子で、空を仰ぎ見る。わざとらしく「いい天気だな」と言った。

「俺の顔なんか見ないで、おまえも空を見ろ」

先輩にならって、自分も空を仰ぎ見た。確かに、いい天気だ。ただ、空の所々に綿飴のような雲がある。羊雲だろうか。

「先輩、この空、そっくりですよ。茶碗の景色に」

「ああ、そっくりだ」

羊雲の背景は青い空。どこまでも、すみわたっている。まぶしさはあるが、もう、身を焦がすような暑さは無い。

過酷な夏が……終わったんだ。

森からは優しい風。由香は目を閉じ、風を肌で感じた。

第五プール　ぐしゃぐしゃマル

1

浜からの潮風がイルカプールを吹き抜けていく。心地良い季節になってきた。本日は休館日。来場者の目を気にすることもない。

由香は壁際のウレタンマットを手に取った。マットを手に長イスへと移動する。マットを敷いて、その上に正座。おもむろに鞄からポットと湯飲み茶碗を取り出した。お茶を注ぐ。当然、手にあるのは浜焼きの湯飲み茶碗。一昨日、先輩に頼み込んだのだ。『早く使ってみたい。ずっと手元に置いておきたい』と。駄目で元々、そんなつもりで言ってみたのだが、意外にも、先輩からは承諾の言葉が返ってきた——いいんじゃないか。

「茶碗って、使わないと良さが分からないって言うしな。ただ、持ち歩くなら、割らないようにしろよ。夫婦茶碗なんだからな」

かくして、ここで、こうして、お茶を楽しんでいる。作法に乗っ取り、まずは茶碗の景色を楽しんだ。次に、空を見上げる。季節を肌で感じ取った。嘆息。ああ、秋めく季節になりにけり。まだ結構暑いが、そういうことにしておこう。

顔を戻して、目をイルカプールにやった。ニッコリーと赤ちゃんが競い合うように泳いでいる。ここでも、嘆息。ああ、仲良し小好し、全て良し。

それでは。

おもむろに、手元へと目をやった。そして、湯飲み茶碗を口元へ。お茶をズーッ。まさしく、これぞ、至福の時間……。

「あのう」

ヒョロが給餌バケツを抱えてやって来た。

「何でしょうか、ヒョロさん」

「さっき、ニッコリーに給餌してた時のことなんですけど……赤ちゃんがニッコリーの真似をして、口を開けるんですすぅ」

「そうですか」

「で、僕、赤ちゃんの口をのぞき込んだんです。そうしたら、ちょっとビックリ。何か歯みたいなものが生えていて」

「おや、ヒヨロさんもお気づきになりましたか。実は、私、十日程前に気づいておりました。日誌に追記しなくてはと思ったのですが、すっかり忘れておりました。申し訳ございません」

「あの、どうして、そんなしゃべり方？」

「いつもの通りです」

「全然違いますぅ」

「私、これからは……いえ、これまで通り、『おしとやかで、力強く』をモットーにしていこうかと」

「あの、それって、結婚するから？」

今朝、全館ミーティングの場で、結婚のことをスタッフ全員に報告した。予定より早くなってしまったが、仕方ない。なにしろ、しゃべっていないのに、もう三分の一くらいの人が知っているのだから。情報源は間違いなく、修太さんだろう。「内々でね」と言いつつ、しゃべり回ったに違いない。

「結婚するからではございません」

由香はゆっくりと首を横に振った。

「元々、こうなのです。これが自然体です。そこのところ、何卒、お間違えなく」

「そんなわけないです。由香先輩、無理してますぅ」

「無理はしておりません」

「してますぅ」「してません」

「してますぅ」「してません」

「してますぅ」「してないってば」

「あ、戻った」

おっと。

「ほ、ほ、ほ。はめを外してしまいましたわ。『おしとやかで、力強い』私《わたくし》としたことが。ヒヨロさん、人をお乗せになるのが、お上手なものですから」

「分かりました。そういうことにしときます。でも、取りあえず、一緒に歯を見て。おしとやかに、力強く」

「了解。ちょっと待って」

茶碗を丁寧に布巾《ふきん》で拭いた。分厚いタオルで包んで、買ったばかりのプラスチックケースの中へ。それを更にクッション袋へとしまい込む。

プールサイドから催促の声が飛んできた。

「由香先輩、早く、早く。もう、ニッコリーと赤ちゃん、来てますぅ」

「分かってるって。今、行くから」

長イスから下りて、プールサイドへと出た。

ヒョロの言葉通り、プールサイドにはニッコリーと赤ちゃんがいる。ニッコリーは能天気な仕草で自分の方を見た。上半身を振る。

はぁい。お姉さん、お久し振りぃ。

それに合わせて、赤ちゃんも上半身を振った。

ハァイ、オネエサン、オヒサシブリィ。

「ちょっと、ヒョロ。赤ちゃんに余計なこと教えないでよ」

「教えてないです。と言うか、どうやって教えたらいいのか、見当もつかないです。赤ちゃん、いつも、こうやってニッコリーの真似をするんです。由香先輩、ちょっと、見てて。見てもらうために、給餌用のアジ、一匹だけ残してあるんです」

ヒョロは給餌バケツからアジを手に取った。と同時に、ニッコリーは口を開けて催促する。その隣で、なぜか、赤ちゃんも口を開けた。

「ほら、真似した。由香先輩、赤ちゃんの口の中を見て」

赤ちゃんに顔を近づけ、口の中をのぞき込んだ。十日前に見た時とは大違いだ。鋭い歯が生えそろい始めている。赤ちゃんの成長は早い。

「由香先輩、体を引いて。最後のアジ、ニッコリーに給餌しますから」

ヒョロはアジをニッコリーへ。ニッコリーはアジを一飲みにした。そして、催促していた口を閉じる。と、同時に、なぜか、赤ちゃんも口を閉じた。

なるほど。真似してる。

「だめですよね、まだ。赤ちゃんに魚は」

「それは……ええと」

言葉に詰まった。

赤ちゃんは、今、ルンの母乳を飲んでいる。だが、いずれは自分で栄養をとらねばならない。イルカの場合、魚などを食べることになる。それがいつかと言えば……。

「いつからだったかな」

専門書の内容を思い返してみた。その時期は近づいているはずだが……正確なことは覚えていない。取りあえず、赤ちゃんが生まれてからの月数を、指を折って数えてみた。一ヶ月、二ヶ月、三ヶ月を過ぎて……もう四ヶ月目か。

「ごめん。確認しとく」

由香は頭をかいた。

「明日の午後、チーフと打ち合わせするから。テーマは後期トレーニングについてなんだけど、ついでに、きいとく」

「お願いしますぅ。僕、赤ちゃんに催促の仕草をされたら、うっかり給餌しちゃいそうで。もう怖くて、怖くて」

そう言うと、ヒョロはニッコリーに終了のサインを出した。ニッコリーは残念そうに身をひるがえし、プールサイドを離れていく。赤ちゃんは嬉々とした仕草で身をひるがえし、ニッコリーのあとを追っていった。

「そうだ」

ヒヨロが何か思い出したように手を打った。

「もう一つ、質問があるんです。名前をどうするのかなって。赤ちゃんの名前、付けないんですか」

「名前？　もう付いているよ。『X1』って」

「そっちじゃなくて、ええと、『ニッコリー』とか『ルン』とか『勘太郎』とか、そんなふうに呼ぶ時の名前」

愛称だ。

自分が入館したばかりの頃、イルカ達に愛称を付けるかどうかで大揉めしていた。改めて、その問題が出てくるということか。意識もしてなかった。そんなところに気がつくとは、ヒヨロは意外に鋭い。この調子なら、もっと仕事を振れるのではあるまいか。

「オーケー、それもチーフに確認しとく。と言うか、ヒヨロ、そろそろ私の代わりに、チーフとの打ち合わせ、行ってくんない」

「どうして」

ヒヨロの顔が引き攣った。

「由香先輩、結婚するから？」

「それは関係ないでしょうが。いい？　ヒヨロもアクアパークに入って三年半。そろそろチーフと直接……」

「そうだっ」

ヒヨロはわざとらしく手を打った。

「僕、調餌室、掃除しなくちゃ」

「今朝、やったでしょうが」

「もう一回するんですっ」

そう言うと、ヒヨロは一目散。調餌室へと逃げていった。

2

お昼を食べて、もう満腹。気分も満ち足りている。ただ、眠い。

由香はおなかを撫でつつ、イルカ館の廊下を歩いていた。

今日の午後はチーフと打ち合わせが入っている。打ち合わせのテーマは後期のトレーニングについて。先日、ようやく計画書を提出した。むろん、微妙に楽ができるように書いてある。だが。

「あんな小細工、チーフには通じないよな」

おそらく山のようにイチャモンが……いや、注文がつくに違いない。それを巧みにかわしつつ、ヒヨロから問われたことの答えを引き出すのだ。そして、それを先輩面して、ヒヨロに説明する。これこそ、組織下っ端の高級テクニック。だが、取りあえず、今、必要なのは……。

「昼寝だな、こりゃ」

先程、昼寝をしようと休憩室へ行ってみた。だが、先客あり。姉さんと修太さんが二つの長イスを占領し、横になって鼾《いびき》をかいていたのだ。となれば、もはや、安住の地はイルカ館の控室しかない。横にはなれないが、広い作業テーブルにうつ伏して眠ることはできる。打ち合わせを前に、仮眠にて英気を養う――これもまた、組織下っ端の高級テクニック。では。

おもむろに、控室のドアを開けた。

誰かいる。ここも先客ありか。

「なんでえ。随分と戻ってくんのが早いな」

よりによって、チーフがいた。書類キャビネットの前にかがみ込んで、一番下の引き出しを探っている。手にあるのは、古い飼育日誌だろうか。

「いや、それが、その」

言葉に詰まりつつ答えた。

「戻ったわけではありませんで、これから、こっそり昼寝……」

「昼寝？」

「いえ、昼、念入りにチェック。打ち合わせ資料をチェック。スタッフとしての心がけです。仕事の基本です。なんと言っても、チーフとの打ち合わせですので」

「どうした？　えれえ気合いが入ってんな」

チーフは書類キャビネットの引き出しを閉め、立ち上がった。

「なら、ここで今、打ち合わせをすませちまうか。その方が、お互い、午後の段取りがつけやすいだろ。おめえが書いたトレーニング計画の書類も持ってきてっから」

そう言うと、チーフは書類と日誌を作業テーブルへと置いた。もう昼寝どころではない。やむなく、自分も作業テーブルへ。チーフの向かいに腰を下ろした。

「じゃあ、始めっか」

チーフは書類を手に取った。

「まずは、おめえが作った計画のことなんだが」

来た。

「問題ねえや。勘太郎、ルン、ニッコリー、三頭はこれで進めてくんな」

「へ？　本当に？」

「ああ、おめえは、わざと楽ができるように作ったんだろうが……ベースの部分は、このくれえ隙間がなくちゃな。おめえには他にやることがある」

「あの、他に何を？」

「赤ん坊のトレーニングよ。そろそろ、それに取りかからなくちゃならねえ」

「さすがに、それは……時期尚早《しょうそう》なんじゃ」

「トレーニングというと、おめえは、すぐにジャンプみてえなもんを思い浮かべるかもいけねえや。俺が言ってるトレーニングとは離乳のことよ」

「リニュウ？」

「離乳食の離乳よ。母乳から固形物への切り換え。イルカの場合はよ、魚とかを食べ始めるこった。それをトレーニングする。だから、離乳トレーニング」

離乳の意味は分かる。トレーニングの意味も分かる。だが、くっついて一つの言葉となった『離乳トレーニング』の意味は分からない。

怪訝な顔をしていると、チーフは説明を追加した。

「乳を飲むっちゅう行為は、かなり本能的な部分があんだよ。いろんな反射があってな。だがよ、離乳っちゅう行為は、かなり学習による部分が多い」

「学習？」

「母乳を飲んでる赤ん坊にとって、初めて目にする『食べ物』は『ただの物体』でしかねえんだ。そんな物体を栄養源として認識して、自分で摂取するのが『食べる』っちゅう行為でな。多くの場合、学びから始まるんだよ。他の個体の食事の様子を観察したり、母体から教えられたりしてな。で、徐々に『食べ物』を『食べ物』として認識していく。最終的には自分で摂取し始める。これが離乳ってわけだ」

なるほど。

「水族館ではスタッフが給餌するわけだからよ、そのスタッフがそのことを教えなくちゃならねえ。人工授乳みてえに、母親ルンの代行じゃねえぜ。おめえ自身がよ、赤ん坊の母親となって教えるんだよ。給餌をするのは、おめえの仕事なんだから」

思ってもみない話だった。

「意外そうな顔付きをしてっけど、離乳トレーニングは、なにも珍しい話じゃねえんだぜ。普通の人でも経験することなんだから」

「あの、来場者にやってもらうんですか」

「そういう意味じゃねえよ。相手はイルカじゃねえや。自分の子供よ」

「へ？」

「いいか。離乳は哺乳類共通のハードル。つまり、イルカも人間も同じなんだよ。本屋に並んでる育児雑誌を開いてみな。もう、どうやって赤ん坊に離乳させるか、そんなお悩み相談ばかりだから。質問者も回答者も意識してねえが、こりゃあ、離乳トレーニングそのものよ。おめえも、一度くれえは見たことあんだろうが」

育児雑誌は去年まで自分には関係のない書物だった。だが、ルンの妊娠出産からは違う。見かけるたびに、ざっと目を通すようにしている。

「見てます。先週も、臨海公園のカフェテリアで最新号を。投稿写真が載ってました。赤ちゃんが離乳食を噴き出して、部屋の中がぐちゃぐちゃに。そのお母さん、『昨日は大丈夫だったのに……今日はご機嫌斜めです』ってコメントを」

「そういったことは、イルカも人間も変わりねえんだ。どうして、こんな時なら食べるのに、あんな時には食べないのか。どうして、こっちは食べるのに、あっちは食べないのか。赤ん坊の反応は、理屈では説明しきれねえところがあってな。よく分かんねえのが、離乳。それを肝に銘じて、トレーニングしてくんな」

「あの、イルカの赤ちゃんって、もう食べられるんですか」

「個体差はあるがよ、だいたい、半年くれえで食べ始める。だが、一朝一夕にはいかねえんだ。『食べ物』という物体に慣れさせるだけでも、時間がかかる。そういった時間を考えると、そろそろ、トレーニングにかからなきゃな」

「ええと、具体的には、どうすれば？」

「前回は梶がやってる。ニッコリーでな」

チーフは手を昔の飼育日誌へとやる。「これを」と言いつつ、押しやってきた。

「よく読み込んでくんな。大雑把に言って、ポイントは三つよ。一つ目のポイントは『食べ物である物体』に興味を持たせること。まあ、こいつは何とかなんだろ。イルカの赤ん坊は好奇心旺盛だから。さほど苦労せずともクリアできると思うぜ」

慌てて胸元から手帳を取り出した。チーフの言葉をメモしていく。

「二つ目のポイントは、食べ物を口に入れることを覚えさせること。人間の赤ん坊と同じでな、最初は吐き出しちまうんだよ。三つ目のポイントは、食べてくれるまで、いろんなことを試してみること。食材を変えたり、加工方法を変えたり、周囲の環境を変えてみたり。手を替え、品を替えしながら、いろんなことを試みんだよ。もう、こっちの頭が混乱してな、わけが分からなくなり始めた頃に、なぜか、食べてくれるようになる。それが離乳トレーニング。まあ、日誌に書いてあることをよく読んでみて、分からねえことがあれば、きいてくんな」

そう言うと、チーフは作業テーブルを軽く叩く。すっきりとした表情をして「俺からは以上」と締めた。

「だがよ、せっかく、こうして打ち合わせしてんだ。他に何か質問ねえか。今日は時間もあるし、何でも聞くぜ。別に、離乳のことでなくてもいいから」

難題に直面して、考えてきたことは全てぶっ飛んだ。だが……きくべきことが、もう一つ、あったような気がする。

――赤ちゃんの名前、付けないんですか。

「あの、チーフ、質問を一つだけ」

「一つでも、二つでも、いくらでも」

「赤ちゃんの名前のことなんです。いつ、付けるんでしょうか」

「なんでえ。そんなことかよ」

チーフは大仰に身を崩した。

「そんな問いなら、答えは決まってらあ。好きにしていい」

「好きにしていい？」

「ああ。段取りはおめえが決めな。俺ァ、口、出さねえから。なんなら、おめえが名前を付けたっていいぜ。結婚祝いで、『赤ちゃん命名権』をプレゼント。どうでえ」

「チーフ、それ、祝いじゃないです。プレッシャー」

「そうか？」

チーフは笑った。そして、窓辺へと目をやる。「のんびりやっか」とつぶやくと、立ち上がり、その窓際へ。慌てて、自分もそれに続く。

チーフは窓枠に肘をつき、イルカプールを見下ろした。

「元気にやってら」

イルカプールにはニッコリーと赤ちゃん。赤ちゃんは今日もニッコリーと一緒に泳いでいる。最近では、ルンといる時間よりも、ニッコリーといる時間の方が長い。

「名前をいつ付けるか——この問いは、よく来場者にも尋ねられんだ。皆、何かルールみてえなもんがあると思ってるらしい。だがよ、そんなもんはねえんだ。愛称だからな」

「ルール、無し？」

「イルカの健康管理に、個体識別は必須よ。だが、そりゃあ、愛称でなくともできっから。愛称なんざ、あっても無くても同じ。イルカの成育や健康には、何の関係もねえ。現に、アクアパークでは、長年、愛称無しでやってきたんだ。C1、B2、F3、それに、X0——記号名称で呼んで、個別識別をしてきた。おめえも、そのことは知ってるだろ」

「知ってます。入館して初めての全館ミーティングで、愛称をつけるかどうか議論になって……それで付けることに決まったかと」

「その通り。今では、ほとんどの水族館が愛称を付けるようになってきた。アクアパークもだ。けどよ、その時期も付け方もバラバラ。決まったルールなんてねえんだ。ただし、暗黙の了解みてえなもんはある」

意味が分からない。黙って、次の言葉を待つ。

チーフは話を続けた。

「おめえも経験したがよ、イルカの初期哺育《ほいく》っちゅうのは大変なんだよ。こいつあ、本来、陸棲《りくせい》の哺乳類が、水の中で暮らしてるっちゅうところから始まってる。イルカは、生まれ出た時から困難に直面すんだよ。母親の胎内から出てくると、いきなり冷たい水の中。ヒートショックに襲われる。しかも、水の中となると、息ができねえ。自力で浮上して、呼吸しなくちゃなんねえ」

イルカプールでの出産光景が浮かんできた。あの時、赤ちゃんの初呼吸をスタッフ全員で見守った。そして、無事に呼吸できた時には、皆で大喝采。あの光景は忘れられない。

「赤ん坊の困難は、そのあとも続く。『海水という液体』の中で泳ぎながら、『母乳という液体』を飲む。当たり前のように見てるがよ、やるとなりゃあ、至難の業よ。どれもこれも、陸棲の哺乳類には無いハードルばかり。だから、気を遣うし、どんなに気を遣ってもうまくいかねえ場合だってある。だがよ、一般の人には、この辺りのことが分からねえ。だから、極端から極端にブレる」

「極端から極端？」

「名も無き生き物が命を落とした——一般の人は『フーン、そんなこともあるよね』よ。結構、淡々としてら。ところがよ、愛くるしい『ナントカちゃん』が命を落とした――となれば、話は変わってくる。怒りの拳を振り上げるんだ。『担当者は何をやっていた』『水族館の管理体制はどうなっている』ってな。愛称を付けたとたん、擬人化が始まんだ。感情移入は本格化、人の心はまるで別モンになっちまう。だがよ、愛称を付けようが付けまいが、生態は変わらねえ。初期哺育での困難は同じことよ。つまりはだ、愛称問題とは、対水族の問題じゃねえ。対人間の問題ってこった」

アクアパークに入って、四年半。チーフの言っていることは、なんとなく、肌で分かるようになってきた。

「こういったことを、どうとらえるか。担当者によって違う。出産直後につける担当者もいれば、半年後くれえまで待つ担当者もいる。要は、担当者が『もう大丈夫』と思った時が、愛称の付け時。まあ、これが暗黙の了解ってわけだ」

プールサイドで物音がした。

ヒヨロがイルカ館から出てくる。今日はこれから『勝手に遊んでちょうだい』タイム。ヒヨロはビーチボールをプールへと放り込んだ。ニッコリーがつつく。その真似をして、赤ちゃんもつつく。赤ちゃんはニッコリーに遊びを教えてもらうのが、楽しくて仕方ないらしい。

眼下の光景に、由香は目を細めた。ほほえましい。

「でも、赤ちゃんの成長、今はもう完全に軌道に乗ってますよね」

「成育に必要な……」

「赤ん坊としては、な」

「赤ん坊としては？」

「赤ん坊はまだ母乳を飲んでる。母乳は免疫成分を含む完全栄養食。つまり、成育に必要なエネルギーと栄養分、それに免疫を母体に頼ってるわけだ。離乳っちゅうのは、そこから離れることよ。小難しく言うなら『自立した摂食行動をとって、個体独自の免疫システムを作り上げる』ってことになる。単に『液体を飲む』から『固形物を食べる』に変わるだけじゃねえんだ。初期哺育最後のハードルと言っていい」

唾を飲み込んだ。やっぱり、離乳が問題になってくるのか。これは自分にとっても、間違いなくハードルだ。

「なんて顔すんだ」

チーフは身を起こした。窓枠を軽く叩く。「じゃあ、次」と言った。

「次の質問。できればよ、俺が悩んじまうような質問を頼まあ。ほれ」

「それが、その」

言葉に詰まった。ききたいことは山ほどあるはずなのだ。だが、もう離乳のことで頭がいっぱい。浮かんでこない。

「以上……です」

「なんでえ、そりゃあ」

チーフは笑った。

「じゃあよ、俺からきくとすっか。おめえ自身のことよ。どうでえ、結婚準備の方は。梶と相談して、ちゃんとやっててか」

「まあ、その、ぼちぼちと」

「ならいい。ただ、結婚しようがしまいが、そろそろ、おめえも腹をくくる頃合いなんだよ。実は、そのことについて話そうと思ったんだが……その顔付きじゃあ、無理そうだな。今、何を話しても、頭に残りそうにねえや」

「残りそうに……ないです」

「まあ、いいや。急ぐ話じゃねえから。ただ、吉崎には、よく話を聞いときな。吉崎は、おめえにとって、大先輩。参考になる話がいろいろ聞けるだろ。いや、もう聞いてっか」

「聞いてます、いろいろと」

「何を聞いた？　差し支えなきゃあ、教えてくんな」

「ええと、『理屈っぽい夫を手なずける方法』と『それでも夫婦喧嘩になった時、必ず勝つ方法』、以上の二つです」

「そういった話も悪くはねえが」

チーフは苦笑いした。

「もっと身になる話を聞きな。おめえは役所から転籍して四年半。社会人としては七年半。腹をくらなきゃあならねえことが、いろいろとある。俺なんかから聞くより、吉崎から聞いた方がいいだろう。吉崎の言葉は身に沁みると思うぜ」

「身に沁みる？」

「ああ、たぶんな」

そう言うと、チーフはまた窓枠に肘《ひじ》をつく。そして、「そういう頃合いなんだよ」と繰り返し、目を細めた。

3

暑さが収まってくると、ペンギン舎は騒がしくなる。ペンギン達がやたらと動き回り、掃除をするのも一苦労なのだ。だが、吉崎姉さんに相談できるのは、こんな時しかない。

由香は裏ペンギン舎の掃除を手伝っていた。

「姉さん、シートの水洗い、終了しました」

「こんなもんやろ。ちょっと休もか」

そう言うと、姉さんは柄ぼうきを壁に立て掛けた。そして、腰を撫でつつ、擬岩《ぎがん》へ。

腰を下ろすと、自分の方を見上げ「さてと」と言った。

「あんたの話に戻ろか。チーフが言うとることは何やろねえ。他に話すことなんて、あったかいな」

「それが……私も分からなくて」

先程、掃除を手伝いながら、チーフとの打ち合わせについて話した。だが、姉さんは、こうして首を傾げたままでいる。細かなニュアンスを伝えれば、分かってもらえるかもしれない。

「あの、チーフには、こんなふうに言われたんです」

打ち合わせの後半に言われた言葉を、そのまま伝えていった。すると、姉さんは「はい、はい」とつぶやき、勢いよく手を打つ。「分かったで」と言った。

「チーフもまわりくどい人やなあ。まあ、しゃあないけどな」

「まわりくどい？」

「まずは、あんたと梶、二人が今後のことを、どう考えとるかや。結婚したら、どうすんの、仕事の方は？」

「いや、それはもう、選択の余地が無くて」

頭の中には預金通帳の数字がある。正直に打ち明けるしかない。現状について事細かに話した。姉さんはすぐに「そやろな」と納得。が、「それやったら」と言った。

「他の仕事の方がええかもしれんで」

思いもしない言葉だった。

「いっぺん、水族館っちゅうところを、一つの職場として見てみ。そうしたら、いろんな問題が見えてくるから」

「あの、生き物相手の仕事だから、いろいろと……」

「そういった観点から、いっぺん離れてみ。世の中にたくさんある職場の一つとして考えてみるんや。ええか。水族館と名乗る施設はたくさんある。けどな、その運営主体は大半、中堅中小規模やねん。大手がバックにおる場合も、運営主体は別法人になっとることが多い。これを働くモンの立場から見たら、どういうことやと思う？ 大企業の勤め人とは違う。いつ、自分の職場が無くなるか分からんっちゅうこっちゃ」

息をのむ。そんな観点で水族館を見たことはなかった。

「で、潰れた時は、どうする？ 他の水族館に移れんかったら、他の仕事をするしかないわな。ところがや、『マゼランペンギンの飼育経験あり。特技は調餌』なんちゅう職歴、誰がありがたがると思う？ 通用するのは、水族館っちゅう狭い業界内だけや。要するに、この仕事、潰しがきかん」

「潰しが……きかない」

「あんたは、今、年齢的にギリギリのところにおる。今やったら、別の仕事を始めても、なんとかなるかもしれん。あんたの場合、役所本体で働いた経験もあるしな。けど、あと数年もしたら、どうやろ。別の仕事を見つけることは、かなり難しゅうなってきて……」

奥の方で争うような物音がした。

姉さんは言葉をのみ込み、巣箱の列の方へと目を向ける。奥の巣箱の前でペンギン同士の争いが勃発《ぼっぱつ》していた。邪魔好きの銀シロが気難し屋の赤緑につつかれている。巣箱を乗っ取ろうとして、気づかれたらしい。

「いつものこっちゃ」

姉さんは肩をすくめ、話を再開した。

「職場が無くなるって、別に、珍しい話やないんやで。うち自身、実際に、経験しとるんやから。まあ、うちの場合は、岩田チーフが声をかけてくれて、アクアパークに移れたけどな。そうやなかったら、どうなっとったやろ。この仕事、続けとらんかもしれへんな」

「でも、姉さんなら、別の水族館でも……」

「同じ水族館っちゅう名前がついとってもな、運営スタンスは、もう、バラバラや。生き物相手の仕事の場合、運営スタンスとは価値観そのもの。自分の考えと大きく食い違《ち》ごうとったら、結局は続けられへん」

「じゃあ」

由香は吉崎を見つめた。確認しておきたいことがある。

「姉さん、こうして、ずっとアクアパークでやられてるわけですから……姉さんとアクアパーク、合ってたってことですよね」

「まあ、そういうことになるやろかな」

姉さんは苦笑いした。

「けど、そもそも『水族館という職場で正解やったか』という根本に戻ったら、ちょっと考えてしまうわな。『もし、別の仕事しとったら、どうやったやろ』と思う時もあるから」

「姉さんでも？」

「当たり前やがな。よう考えてみ。この職場、現場では肉体作業が多い。男性とか女性とか言うつもりはないけど、この点では、女性は不利やで。鍛えても、男性ほど筋肉つかんから。うちの姉ちゃんなんか、それが嫌で必死に鍛えたんや。で、プロレスラーみたいな体つきになってしもうた。それでも、生きのええ若い男性スタッフと同じくらいや。ちょっと虚しいわな。しかも、男性スタッフと違《ち》ごうて、月のモンは定期的に来る。妊娠出産となれば、仕事を休まんとならん」

「でも、今、職場ではいろんな制度が」

「それは間違いない。昔とは比べモンにならんくらい整ってきた。けどな、相手は水族やから。こっちの都合が通じんことも多くて……」

姉さんがまた途中で言葉をのみ込んだ。

足元をペンギンのパステルが足元を駆けていく。トンボを夢中で追いかけているらしい。トコトコと駆け、転びそうになっては、またトコトコ。周りのことなど、目に入っていない。

「いつものこっちゃ」

姉さんは肩をすくめ、話を再開した。

「うちの若い頃の話やけどな、出産関係で休暇を取ったんや。引き継ぎには気を使こうたけど、何の問題もなく休暇は取れたで。問題はその休暇明けや。久々に仕事すんのが、なんか、嬉しゅうてな。腕まくりして、ペンギン舎に入ったんや。そうしたら、怯《おび》えるねん」

「あの、誰が？」

「誰がやないで。ペンギンに決まっとるがな。威嚇《いかく》してくる個体もおったな」

「あの、どうして？」

「うちのこと、忘れてしもたんやろ。トレーニング成果も、全部、ぶっ飛んどったから。いろんなことが、一からやり直し。あの時、思うた。この苦労、男性スタッフには分からんやろってな。まあ、ハンデと言えばハンデ。口には出さんけど」

姉さんはため息をついた。

「まあ、細かなことともなると、言い切れんくらいあるわな。たとえばや……生き物相手の仕事となると、化粧はしづらいがな。おまけに、調餌で手は荒れ放題。けど、外部のモンには、そんなこと分からへん。『ちょっとぐらい自分の身をかまったら』とか余計な助言をしてきて、こっちはカチンや。おまけに、そういったことから解放されるはずの休暇中も、リラックスとまではいかん。なんちゅうても、相手は生き物。自分の休暇とは関係なく、物も食べればフンもする。自分以外の誰かが、調餌、給餌、掃除をやることになるがな。これって、担当するモンとしては、もう気が気でないんや。休みの時の方が落ち着かん――そんなこと言う人、結構おるねん。他の仕事では、こんなこと、あんまり無いやろな」

姉さんは肩をすくめた。

「ともかく、世間のイメージとは大違いの職場や。そんな職場での仕事と、どう向き合っていくか。時には、真正面から考えんとならん。そうやないと、続けられへんから。おそらく、チーフはこういったことを踏まえて、『腹をくくる頃合い』と言うとるんと違うかな」

「姉さんは、腹をくくったわけですよね」

「さあ、どうやろ」

姉さんは笑った。

「腹をくろうとしたけど、でけへんまま、ズルズルっちゅう感じやろか。そやから、偉そうなこと言える立場やないねん。けど、水族館だけが人生やないのも事実。いっぺんくらい、よう考えてみることも必要やないかと……」

ペンギンのパステルが戻ってきた。まだトンボを追いかけているらしい。姉さんは苦笑いし、「ほどほどにしときや」とつぶやく。そして、自分の方を見た。

「ちょっと、ズバズバ言いすぎたかもしれへんな。けど、梶は結婚の当事者、チーフは直属の上司。立場を考えると、言えんこともあるやろ。それに、どっちも男性や。理屈では分かっとっても、肌では分かりようのないこともあるわな。まあ、うちの話も単なる経験談の一つ。言うだけは言うとくから、あとは自分でよう考えて」

「考え……ます」

「けどな、矛盾すること言うようやけど、考えすぎん方がええで。こんなことに正解なんか無いんやから。それに、明日から、離乳トレーニングに入るんやろ。仕事もプライベートも考え込むことになったら、身がもたんから」

「あの、離乳トレーニングって、そんなに大変なんですか」

「やることは単純なんやけど……思うようにならんことが多いんよ。人間の子供の離乳も同じ。こっちは真剣なんやけど、赤ちゃんは無邪気。このギャップが続くねん。これって、結構、体にこたえるんやわ」

なんとなく、想像はできる。だが、まだ、肌感覚では分からない。

「そうや」

姉さんは何か思いついたように言った。

「チーフに言うて、離乳トレーニングを代わったろか。あんたはペンギン舎を中心にやったらええ。今の時期のペンギン舎、騒がしいけど、気を遣うことはあまり無いから。夏は暑さが心配やろ。冬場は警戒心が増して怯えるやろ。春は繁殖のシーズンや。今は、比較的、楽な方やから」

ありがたい。だが、チーフの言葉が頭の中で響く。

――おめえ自身がよ、赤ん坊の母親となって教えるんだよ。

「取りあえず、自分でやってみます。でも、どうしようもなくなれば、助けて下さい。

わがままなんですけど」

「わがままやないで。それも大事なこっちゃ」

チーフが言っていた通りだ。姉さんの言葉は身に沁みる。

吉崎に向かい、由香は深々と一礼した。

4

秋風がプールを吹き抜けていく。今日も離乳トレーニング。傍らにはヒョロ。自分の手には給餌バケツ。バケツには一目で分かるようにラベルが貼ってある。

『赤ちゃん離乳用』

由香は給餌バケツからシシャモを手に取った。既に赤ちゃんはプールサイドでスタンバイ。自分の方を見上げて、体を揺すっていた。

ねえ、なにするの？

「ヒョロ、これで何回目だっけ？」

「ええと」

ヒョロは慌てて飼育日誌をめくった。

「開始して、今日で二週間ちょっと……一日にだいたい三回、朝、昼、夕。時々、退館前にやってるから……ちょうど今回で五十回目です」

「了解」

では、五十回目のトライを開始。

シシャモをぶら下げて、赤ちゃんに見せつけた。ぶら下げたまま、何度か左右に振る。赤ちゃんは興味津々の眼差しで、揺れるシシャモを追った。シシャモを大きく右へ動かすと、赤ちゃんも右を見る。大きく左へ動かすと、赤ちゃんも左を見る。

よし、今か。

シシャモを止めて、赤ちゃんの口元へ。赤ちゃんは口先でシシャモをつついた。一回、二回、三回。だが、口の中に入れようとはしない。赤ちゃんは身を戻した。揺れるシシャモを、ただ見つめている。

だめか。

「二度目」

もう一度、シシャモを振った。そして、右へ左へ。シシャモを追っているのを確認したうえで、今度はプールにシシャモを放り込んでみた。赤ちゃんは沈むシシャモをつつく。だが、口の中に入れようとはしない。シシャモはそのままプール底へ沈んでいってしまった。

また、だめか。

「三度目」

だが、赤ちゃんは、もうシシャモに興味を示そうとしない。つまらなそうな目でシシャモを見ている。そして、自分の方を見た。

また、これ？　バイバイ。

赤ちゃんは身をひるがえした。プールサイドを離れ、母親のルンの元へ戻っていく。おなかの下へと潜り込んだ。いつものように、母乳を飲む。

「由香先輩。赤ちゃん、戻ってきそうにないですゥ」

「そんな雰囲気だねえ」

赤ちゃんにハンドサインは通じない。だから、離乳トレーニングは赤ちゃんの気分次第と言っていい。しかし、集中力は、長くは続かない。繰り返せば繰り返すほど、興味を失っていく。赤ちゃんにとって、魚は食べ物ではなく、遊び道具にすぎないのだから。飽きてしまえば、しばらく、どうしようもない。

「ヒョロ、食材、これで何種類目だっけ？」

「ええと」

ヒョロは慌てて飼育日誌を広げた。これまでに試した食材を読み上げていく。

「小さなアジ、大きなアジのぶつ切り、小さなサンマ、イカの胴体の輪切り、イカのゲソ、イワシ、小さなサバ、サバのぶつ切り、ラッコ館からもらったホタテ、ペンギン舎からもらったイカナゴ、ホッケの三枚下ろしの切り身。一、二、三……十、十一。ええと、全部で十一種類。だから、今のシシャモまるごとは、十二種類目」

「分かった。ちょっと、かして。今の結果、書き込むから」

差し出された日誌を手に取った。試した食材とその加工方法は一覧表にしてある。

ボールペンを胸元から取り出し、十二行目を書き込んだ。

『シシャモ（まるごと）×』

ヒヨロが手元をのぞき込む。「由香先輩」と言った。

「今朝の離乳トレーニングは、どうだったんですか。ニッコリーと一緒にやってみたんですよね」

「ニッコリーの真似をして、口を開けるところまではいく。その隙に、口の中にホッケの小さな切り身を放り込んでみた。けど、すぐに吐き出しちゃう。ちょうど、おかゆをブーッって噴き出す人間の赤ちゃんみたいな感じ」

「じゃあ、お昼の離乳トレーニングは？」

「さっきと同じ。つつく。たまに噛む――ここまで。口には入れない」

ヒヨロがため息をついた。

「赤ちゃんって、ほんとに、食べるようになるんですか」

「ならないわけないでしょうが」

「でも、個体差は大きいって、よく言いますよね。食べられない個体もいるかも」

「さすがに、それは……無いでしょ」

「でも、食べそうな気配は、全然、無いですすゥ。ほとんどの食材、試してみたのに」

「いや、まだ試さなきゃいけないこと、残ってるから。いろんな切り方でやってみるの。ぶつ切り、ぶつ切りの骨抜き、三枚下ろしの切り身。これだけで一種類の食材が三種類になる。あきらめちゃだめ。まだまだ、やることあるから」

「了解。じゃあ、明日は何から」

「大きめのサンマ、ぶつ切り骨抜き」

「分かりました。じゃあ、僕、冷凍庫の中、チェックしてきます」

ヒョロが調餌室に向かっていく。

その背中を見つめつつ、ため息をついた。ヒョロに弱音を吐くわけにはいかない。だから、強気で言い切った。けれど。

「無理なのかも」

最初の数日は順調だった。赤ちゃんはすぐに魚を認識したから。だが、それは遊び道具としてであって、食べ物としてではなかった。

今のところ、遊びから先へと進む様子は無い。どんなに工夫をしても、何も変わらないのだ。徒労とはこのこと。やればやるほど、疲れは溜まる。家に帰っても、あれこれと考えてしまい、なかなか寝つけない。肩の凝りもひどい。

けら、けら、けら。

足元から、陽気な鳴き声が聞こえてきた。いつの間にか、ニッコリーがプールサイドに来ている。身を振りつつ、自分の方を見上げていた。

お姉さん、最近、パッとしないねえ。

「ほっといて、ニッコリー」

お魚、残ってんでしょ。ちょうだい。

給餌バケツへと目を落とした。底には残ったシシャモが一尾。それを手に取り、ニッコリーの口元へと放り投げてみた。ニッコリーは軽くキャッチ。飲み込んで、満足げにプールサイドを去っていく。

「そう。これなんだよ、これ」

食べ物を食べる——それだけのことなのだ。赤ちゃんは、どうして分かってくれないのか。食べるなと言われても、食べてしまうのが、生き物ではないか。いったい、何が悪い？　食材か、加工の仕方か。いや、タイミングかもしれない。赤ちゃんがその気でない時に差し出しているとか。いや、自分の態度かもしれない。気づかぬうちに、警戒させてしまっているとか。

「次は、笑顔でやってみるか」

取りあえず、無理やり笑ってみた。だめだ。頰が引き攣る。こんな顔を向ければ、赤ちゃんは間違いなく引くだろう。もう近寄ってこないかもしれない。

答は見つからない。見つかりそうもない。

「私も……調餌室に行こ」

重い足を調餌室へ。そのとたん、足先に何かが触れた。給餌バケツが音を立て、調餌室へと転がっていく。

何してんだろ、私。

再び、ため息をつく。由香は肩を揉みつつ、調餌室へと向かった。

5

夢の中でも、自分は離乳トレーニングをしている。

由香は、夢の中で、もがいていた。

赤ちゃんの口元にイカのゲソ。赤ちゃんはつついた。揺れるイカのゲソを楽しんでいる。そして、少し咥《くわ》えた。が、すぐにプールへとポイッ。口の中に入れようとはしない。今度は小さなサンマをぶら下げてみた。だが、もう飽きてしまったらしい。身をひるがえし、プールサイドから離れていく。

「待って」

ケ、ケ、ケ。

どこからか、挑発的な鳴き声が聞こえてきた。赤ちゃんの声ではない。声の方を見やると、プール隅で、ふてぶてしい態度のイルカが泳いでいた。この態度、見間違うことはない。

「C1」

C1は、自分が新人の頃、担当したイルカ。そのC1が自分の方へとやってくる。なぜか、口に大きなサンマを咥えていた。

この光景には見覚えがある。

確か、アクアパークに来て、初めて給餌した時のことだ。C1に食べることを拒否された。その時も、こんなふうにC1はサンマを咥えていて、それから……。

昔のことを思い返しているうちに、夢の中のC1はプールサイドへと到着した。そして、目の前で大きく身を振る。口からサンマが飛んだ。いや、飛んでくる。そして、頬に冷たい感触。サンマが当たった。

こんなもん、食えるかよ。

「こんなもんって……ちゃんと調餌したよ。ほんとだよ、C1。私、もう四年半もやってるんだよ」

食う気になんねえんだよ。あのガキんちょもな。

「ガキんちょって」

プールの奥へと目をやる。赤ちゃんが泳いでいた。見るからに、ひもじそうにしている。

「赤ちゃんのこと?」

俺達ァ、食わねえんだよ。信頼できねえ奴からは。

「信頼できない? 違う。赤ちゃんはまだ離乳期が来てないだけ」

ガキんちょは、俺が連れて行くぜ。

C1は身をひるがえし、赤ちゃんの元へと泳いでいく。そして、ひもじそうな赤ちゃんを連れて、離れていく。遠くへ。ずっと遠くへ。

「C1、待って」

声は届かない。

「赤ちゃん、待って」

赤ちゃん、どこへ行くの。行っちゃだめ。お願い、待って。何とかする。私が何とかするから。赤ちゃん、待って――

「待って」

由香は自分の声で目を覚ました。

背中が汗で濡れていた。手は毛布を握りしめている。荒い息を整え、布団から身を起こした。

「どうしたんだ?」

隣で横になっていた先輩も身を起こした。読んでいた本を枕元へと置く。

「大丈夫か」

「あの、私、いったい……」

「横になったとたん、寝ちゃったんだよ。疲れてたんだな。けど、まだ一時間くらいしかたってない。いきなり叫んで起きるから、びっくりした」

記憶がよみがえってきた。

明日から、先輩は海遊ミュージアムへと出張する。しばらくは帰ってこれない。だから、先輩のアパートに泊まりに来た。なのに……いつの間にやら、自分が先に寝てしまったらしい。

「すみません。寝ちゃうつもりなんてなかったんです。けど、知らないうちに……」

「いいんだよ。休息には睡眠が一番。けど、叫んで起きるなんて、珍しいな。何か悪い夢でも見たのか」

「分かんないんです。いいのか、悪いのか。夢の中で離乳トレーニングをしていて。そうしたら、C１が出てきて」

先輩は怪訝そうな顔をした。だが、すぐに納得したように「ああ」とつぶやく。そして、「分かったよ」と言った。

「最近、おまえ、離乳トレーニングのことばかり考えてるからな。けど、赤ちゃんは生まれて、まだ五ヶ月弱。半年ぐらいで離乳できればいいんだよ。焦ることない」

「昔の飼育日誌を読んだんです。ニッコリーが初めてイカナゴを飲み込んだのは、生後四ヶ月半。担当は先輩でした。もう、その時期は過ぎてます。でも、私……全然、前に進んでるような気がしなくて」

「離乳って、個体差が大きい事柄なんだよ。それに、ニッコリーの場合、初回が早かっただけだ。普通に食べるようになったのは、半年を過ぎてからのこと。気にすることなんかない。もう、赤ちゃんは魚に興味を持ってるんだろ」

「持ってはいるんですが、そこから先がどうにも」

「どうだろ、ニッコリーに手伝ってもらえば」

「ニッコリーに？」

「赤ちゃんはやたらとニッコリーの真似をしたがるだろ。普通は母親の真似をするんだけどな。まあ、イルカの特徴、模倣行動だよ。この模倣を利用してみるんだ」

先輩は腕を組んだ。

「まずは、トレーニングに集中しやすい環境かな。プールに赤ちゃんとニッコリーだけの状態にするんだ。で、赤ちゃんの目の前で、ニッコリーに給餌。ニッコリーが食べているところを何度も見せる。真似をしたら、大げさぐらいの仕草で喜んでやる。模倣によって、食べることを覚えるようにもっていく。どうだろ」

「やってみました。でも、肝心のニッコリーが邪魔しちゃって」

「邪魔？　珍しいな。ニッコリーって、そういうことをしないイルカだと思ってたんだけど」

「そういう意味じゃなくて……ニッコリー、離乳トレーニングまで遊びに変えちゃったんです」

プールでの光景を思い浮かべる。先輩に説明していった。

お手本とするため、まず、ニッコリーに切り身を給餌した。だが、ニッコリーは切り身を食べずに、口でキャッチする。身を振って、横へと投げた。なんと、赤ちゃんへ切り身をパスしたのだ。それを赤ちゃんはキャッチ。その成功に、二頭とも身を振って、大喜び。結局、ニッコリーは『食べること』を教えずに、『食べ物でキャッチボールすること』を教えてしまった。こうなれば、切り身は単なるボール代わり。大喜びのあとは、切り身をプールへとポイッ。口に入れることはない。

話し終えて、先輩を見つめた。

先輩は返答に窮するような表情を浮かべる。「それは」と言った。

「ある意味、すごいな。何やってんだ、ニッコリーは」

「先輩、私のやり方、まずいんでしょうか」

「俺も、離乳トレーニングは一回しか経験してないけど……まずくはないと思う。それに、チーフや姉さん、時折、見に来てくれるんだろ」

「二人とも頻繁に。それに、毎日、飼育日誌をチェックしてもらってて」

「なら、大丈夫だよ」

先輩は安堵の息をついた。

「離乳って謎なんだよ。理屈で理解しようとすると、もう、ちんぷんかんぷん。イルカだけじゃない。人間だって同じこと。赤ちゃんが何を嫌っているのか。大人にはさっぱり分からない。で、ある頃から、食材によっては口にするようになってくる。でも、何が良くて、そうなったのか。これまた、大人にはさっぱり分からない。だから、地道にやり続けるしかない。そういうもんなんだよ」

「分かってはいるんですけど」

「チーフがよく口にするんだ。『よく分かんねえのが、離乳』って。地道に続けてると、『ああ、こんなもんなんだ』と思える時がきっと来る。その瞬間、『これまでの苦労は、何だったんだろう』って思えてくるんだよ。だから、あまり考え込まなくていい。まあ、寝ろ。俺も寝るから」

そう言うと、先輩は手を天井の照明へとやる。部屋の照明を消して、常夜灯の明かりだけにすると、横になった。それにならって、自分も横になる。

薄明かりの中で、先輩が言った。

「離乳トレーニングを始めて、もう、どのくらいたつ?」

「今週末で、ちょうど一ヶ月です」

「ちょうど、疲れが出てくる頃だな。担当者にとって、離乳って、出産よりもきついところがあるから」

「出産より? さすがに、そんなことは」

「あくまで、『担当者にとって』だよ。出産は一大事だ。だから、どこの水族館でも全館を挙げて対応する。チームを組むんだ。その分、責任は分散する。何かあれば、館全体の問題だ。けれど、離乳は通常、担当者任せ。となると、自分が何とかしなくちゃならない。うまくいかなければ、全部、自分のせいのように思えてくる」

「でも、昔の飼育日誌を読んでも、そんなふうには」

「俺の場合は、磯川先生がまだアクアパークのスタッフだったからな。チーフも頻繁に現場に顔を出してた。その分、楽だったんだよ。今のイルカ課はおまえが主管。下にはヒヨロがいるだけだ。プレッシャーが全く違う。それに、おまえの場合」

先輩は途中で言葉をのみ込む。薄明かりの中で沈黙。しばらくして、大きく息をつき、言葉を続けた。

「チーフから言われたことも気になってるんだろ」

——おめえも腹をくくる頃合いなんだよ。

「そうかも……しれないです」

「慌てて結論を出す必要なんて無い。どんな結論でも構わないし、『今は結論を出せません』も立派な結論だ。思い悩むことじゃない。心配するな。おまえは一人じゃない」

隣へと目を向けた。

先輩は常夜灯を見つめている。その姿勢のまま言った。

「俺がいる」

そう、自分は一人じゃない。

そっと身を寄せる。由香は目をつむって、深呼吸した。

6

窓外は、冷たい雨。そして、強い風。窓が音を立てている。

梶は、一人、小会議室にいた。

座る気にはなれない。立ったまま、壁のカレンダーへ目をやった。もう十一月上旬。離乳トレーニングを開始して、一ヶ月半となる。今月下旬には、生後六ヶ月の節目を迎えることになるのだ。だが、離乳トレーニングに進展は無い。

廊下の方から足音が聞こえてきた。ドアが勢いよく開く。

「梶、待たせたな」

チーフが部屋に入ってきた。

「なんで、立ってんだ。堅苦しいな。座ってくんな」

チーフは笑いつつ向かいの席へ。腰を下ろすのを確認して、自分も席につく。チーフは自分の顔を見つめ「久々だな」と言った。

「おめえが俺に相談事っちゅうのもよ。悪いが、企画の小難しい話を持ち出されても、俺ァ、分かんねえぜ」

「いえ、離乳トレーニングのことでして」

「離乳トレーニング?」

チーフは意外そうな顔付きをした。

「離乳トレーニングを、何か、対外的な企画にのせんのか」

「いえ、それが……その」

言葉に詰まった。しかし、言うしかない。そのために、時間を取ってもらったのだから。

「私も……離乳トレーニングを手伝えないものかと」

「おめえが?　おめえには、おめえの仕事があんだろうが」

「ある程度、時間は作れるかなと。最近、いろんな物事が軌道に乗り始めてまして。空き時間を手伝いに回せればと」

チーフは軽くうなって、腕を組んだ。そして、天井を見上げて、沈黙。なんとも居心地の悪い沈黙だ。

チーフは天井を見上げたまま「一つ、尋ねるぜ」と言った。

「今の言葉、おめえは、どういう立場で言ったんだ？　お姉ちゃんの結婚相手としてか。それとも、アクアパークのスタッフとしてか」

「もちろん、アクアパークのスタッフとして、です」

「なら、筋が通らねえな」

チーフは顔を戻した。

「おめえが手伝って、どうなる？　赤ん坊の離乳が早くなるわけじゃねえだろ」

「それは、そうなんですが」

「離乳トレーニングの状況は逐次チェックしてるがよ、お姉ちゃんは間違ってねえよ。おめえが手伝ったところで、何のプラスもねえや。だがよ、マイナスはある。見慣れねえスタッフが急に出ていきゃあ、赤ん坊が警戒するだけよ。マイナスはそれだけじゃねえ。梶、分かってんだろ」

分かってる。

梶は目を伏せた。

「おめえが側にいるとよ、お姉ちゃんは安心して頼っちまう。どうしても、そうなっちまうんだよ。お姉ちゃんは、今、真正面から水族と向き合おうとしてんだ。自分の責任としてな。生きモン相手の仕事の重さを、自分の肩で感じてるところなんだよ。ここで第三者が出て行っちゃ、何にもならねえや」

チーフは正しい。だが、もう、あいつの窮状を見てはいられないのだ。引き下がるわけにはいかない。

梶は再び向かいを見やった。

「実は今、ちょっと、いろいろ重なってる時期でして」

「分かってらあな。結婚準備の気苦労に、離乳トレーニングの焦り。この仕事を続けていいのかっちゅう悩みもあんだろうな。だがよ、そんな時だからこそ、感じとれることがあんだよ。俺ァ、よく『腹をくくる』と言ってんだがな」

「分かります。分かるんですが……それは、その……今でない方が」

「お姉ちゃんはよ、千葉湾岸市役所で丸三年働いてから、出向辞令を受けてアクアパークに来た。出向者として一年働いて、プロパーへと転籍。現場のスタッフとしては、珍しい経歴だろ。だがよ、そのせいもあって、腹をくくらないまま、ここまで来れちまった。だから、今、いろんな『腹をくくる』が一気に来てる。ここで先送りにしちまうと、あとでもっと苦しむことにならあな」

「ですが……その腹をくれるかどうかが、分からなくて。突然、仕事を投げ出すと言い出すかも。そうなると、今の人繰りではまずいことに」

「投げ出さねえよ」

「ですが」

「このことについては、断言すらあ。仕事を辞めるならよ、堂々とそう言った上で、『引き継ぎについての指示を』って言ってくらあな。あいつあ、役所にいただけに、そこんところはしっかりしてっから」

「その場合でも、アクアパークの人繰りを考えますと」

「人繰りは、俺の仕事よ。俺が何とかすらあな。そこんところは任してもらいてえんだが、不安か」

「いえ、そういうわけでは」

「お姉ちゃんは必ず自分なりの答えを出すぜ。だから、俺ァ、それを待つ。どんな内容でもよ、考えに考え抜いた結論に口を出せる奴なんざ、いねえんだよ。俺ァ、お姉ちゃんが出した結論に基づいて、淡々と動く。それだけよ」

　もう返す言葉が無い。

「いいか、梶」

チーフは打ち合わせテーブルに身を乗り出した。

「手助けしてえ気持ちは、よく分からあな。だがよ、それをグッとこらえて、傍らで見守る。それが大事な時もあるんだよ。俺ァ、今がそれだと思ってる」

チーフもまた、腹をくくっている。

俺は甘い。梶は再び目を伏せた。

7

薄闇の静寂。プール水面で満月が揺れている。

由香はプールサイドの長イスに座っていた。

「なんで……食べてくれないんだろ」

今週末で、赤ちゃんは生後六ヶ月となる。離乳トレーニングを開始して二ヶ月弱。ヒヨロと二人で、様々なことを試してきた。ありとあらゆる食材、そして、考えつく限りの調餌方法。だが、いまだ、赤ちゃんにとって『食べ物』は『食べ物』ではない。

万策、尽きた。

が、昨日、ヒヨロがふと言ったのだ——「いつもと違う時間に、やってみれば」と。

その言葉に乗った。乗るしかなかった。そして、こうして夜、薄闇の中で離乳トレーニングをすることに。だが。

それも徒労に終わった。

結局、何も変わらなかったのだ。関心は持つ、遊ぶ、飽きて終了。何の進展も無い。しかし、わざわざ夜にやっている以上、一度だけでは終われない。二度目の調餌担当はヒヨロ。かくしてヒヨロは調餌室へと向かい、自分は何をするでもなく、ただ給餌バケツを抱えて座っている。

「何がまずいんだろ」

他の水族館の担当に電話で話を聞いてみた。ほとんどの個体は、この時期、既に、最初となる魚を食べている。となれば、原因は担当者である自分にある、と考えるしかない。いったい、何がだめなのか。

「全部、だめなんだよな」

夜空を見上げた。月が涙で滲んでいる。

今回の件で、改めて、気づいた。自分は他の人達にはとても及ばない。他の水族館の担当と話をしていて、痛感した。皆、子供の頃から興味を持ち、いずれは水族館で働きたいと思い定め、場合によっては就職浪人までして、今の職に就いている。強い意思を持って、この仕事をしている人達ばかりだ。自分のような中途半端な人間なんて、一人もいない。

「最初から無理だったんだ」

肺呼吸しつつも、始終、水の中で暮らす不思議な哺乳類――イルカ。本来、陸棲の体を持ちながら、それを水中生活に適応させて進化してきた。そんな命を背負える力が自分には無い。今になって気づくとは、情けない。情けなくって仕方ない。

「ごめん……ね」

けら、けら、けら。

プールサイドから、陽気な鳴き声が飛んできた。慌てて涙を拭いて、目をプールサイドへ。ニッコリーが体を揺すっている。

お姉さん、何してんの？

「何も……してない」

ねえ、お魚は？　そこ、残ってんでしょ。

膝元のバケツに目を落とした。

先程のトレーニングで使ったものが、少しだけ残っている。だが、ほとんどが失敗作。一度目の調餌担当は自分で、考え事をしながら調餌をした。すると、切り身は崩れて、ぐしゃぐしゃに。あまりにも見栄えが悪いので、皮側を指で押し込み、表裏を引っ繰り返した。そして、丸い赤身団子に。いや、団子というほど、整ってはいない。単なるぐしゃぐしゃの塊《かたまり》。そうやって、ごまかしてはみたものの、トレーニングでは使う気にならず、こうしてバケツに残っている。

ため息をついて、重い腰を上げた。

給餌バケツを持って、水際へ。給餌バケツの中に手をやり、ぐしゃぐしゃの塊をつまみ上げた。

「こんなのだよ。ぐしゃぐしゃで丸っこいの」

それ、それっ。早くちょうだい。

ニッコリーは興奮して、身を大きく揺すっている。

由香は塊を見つめた。

どうする？　鮮度に問題はない。他のイルカなら食べ物と認識してくれるかどうかも怪しいが、ニッコリーは今、明らかに欲しがっている。こんな物を食べてくれるのは、ニッコリーだけと言うことか。

目がまた熱くなってきた。滲んでいくプール水面に、小さな波が立つ。

波のもとへと目をやった。赤ちゃんが嬉々とした仕草でプールサイドへ泳ぎ寄ってきている。遊びの時間が始まったと思ったらしい。

まって。わたしも。

「遊びをするんじゃないの」

が、そんな言葉が通じるはずもない。いつものように、赤ちゃんは少し離れた所で顔を出した。この光景は、何度、見たことか分からない。魚のキャッチボールをする気でいるのだ。完全に遊びの気分。こうなると、食べることは期待できない。

自嘲の笑いが漏れ出てきた。

いや、遊びで良いではないか。ぴったりだと言っていい。状況は既に整っている。なにしろ、切り身がボール状になっているのだから。

「いいよ。遊ぼ」

ぐしゃぐしゃの塊をニッコリーの口元へ。ニッコリーは軽くキャッチ。咥えたまま体を左右に振って、塊を赤ちゃんへパスする。赤ちゃんは見事にキャッチした。

「成功して……良かったね」

ニッコリーは得意げに身を揺すった。陽気に鳴く。けら、けら、けら。赤ちゃんも得意気に身を揺すった。陽気に鳴く。けら、けら、け……その瞬間、ぐしゃぐしゃの塊が消えた。プールに落ちたわけではない。口の中へ落ちた。

「でも、出しちゃうよね」

口に入った物は、何であれ、ペッと吐き出す。それが、今までの赤ちゃん。だから、しばらくすれば、口の中からペッと……。

「出さ……ない？」

赤ちゃんが怪訝そうに自分の方を見ている。

黙って、唾を飲み込んだ。喜ぶのは早い。これまで、何度、ぬか喜びをしてきたことか。もう少し待て。身をかがめて、赤ちゃんに目を凝らした。一秒、二秒、三秒……十秒。

「出さないっ」

赤ちゃんの元へ駆け寄った。再び身をかがめて、半開きの口をのぞき込む。口の中に塊らしき物は見当たらない。ということは、もしかして。

「食べた？　食べたよね」

赤ちゃんは、あいも変わらず、怪訝そうに自分の方を見ている。

由香は深呼吸を繰り返した。落ち着け。落ち着いて、冷静に考えるのだ。イルカは飲み込んでしまってから、吐き出すことができる動物。まだ分からない。となれば、どうする？　取りあえず、もう一度、試してみるしかない。

ニッコリーの元へと戻った。

給餌バケツを胸に抱え込む。ぐしゃぐしゃの塊の間に、綺麗な切り身が一切れだけ残っていた。いかにも、食欲をそそりそうな切り身が。

震えつつ、それを手に取る。

ニッコリーの口元へと放った。ニッコリーは軽くキャッチ。パスをする。赤ちゃんはそれをキャッチ。そして……切り身をプールへポイッ。

なぜ？

由香は給餌バケツへと目を落とした。

いったい、先程と何が違うのか。考えられることは、これしかない。手を給餌バケツの中へ。つまみ上げて、薄闇の中で見つめた。指と指の間に、ぐしゃぐしゃで丸っこい塊がある。

「まさか、こんなことで」

指先が震えた。指の間にある塊も震えた。その足元で、ニッコリーは能天気に催促している。水しぶきまで飛ばしてきた。

早く、早く。

確かめてみるしかない。まず、深呼吸をした。ゆっくりと目をニッコリーへとやる。ぐしゃぐしゃの塊を口元に放った。ニッコリーは軽くキャッチ。パスをする。赤ちゃんはそれをキャッチ。そして。

ポイッか、ゴックンか。

「消えた」

どういうことだ。よく分からないではないか。もう一度、赤ちゃんの元へと駆け寄った。口の中をチェック。塊は見当たらない。こうなれば、端的に確かめるしかない。給餌バケツへと目をやった。給餌バケツの底には、ぐしゃぐしゃの塊が一つだけ残っている。

「最後の一つ」

震える指先でつまみ上げた。ゆっくりと、手を赤ちゃんの口の上へ。

ぐしゃぐしゃの塊、投下。

塊は口の中へと消えた。赤ちゃんはいったん口を閉じて、また半開きにする。口の中をのぞき込んだが、塊らしき物は見当たらない。

食べたか。食べたのか。

いや、プールに落ちたのを見落としたのかもしれない。膝をつき、手もつく。身を乗り出して、プール内を観察した。落ちたような様子は無い。そもそも、落ちたならば、その時に水音がしたはずだ。だが、そんな音は聞いていない。

「ヒヨロ、来て。早く」

調餌室のドアの音がした。足音が近づいてくる。

「ちょっとっ。何してんですか」

背に声が飛んできた。

「赤ちゃんに土下座なんかして。落ち着いて、由香先輩。そんなことしたって、食べてくんないです。落ち着いて」

「そうじゃないって。今、プールの中を見てる。たぶん、食べた」

「食べた？　切り身を？」

「そうなんだけど、そうじゃない」

「は？」

「切り身、今、持ってきてる？」

「持ってきてますぅ。まだ途中ですから、少しだけですけど」

ヒヨロへと向き直る。給餌バケツを受け取り、床へと置いた。わざと作ったわけではないから、細かなことは覚えてはいない。だが、似た物を再現するくらいは、何でもない。

「ええとね」

きれいな切り身をわざと崩していく。

「ぐしゃぐしゃにすんのよ。もうね、本当に切り身かっていうくらい。で、皮側を指で押し込んで、表裏逆になるように引っ繰り返し。赤い身で包み込むようにすると、ぐしゃぐしゃで丸っこい塊の出来上がり。気分ぐしゃぐしゃ、切り身もぐしゃぐしゃ。丸いのを食べてくれて、こっちの気分もマル。だから、名付けて『ぐしゃぐしゃマル』。名前あった方が、何かと便利でしょ」

その瞬間、ヒヨロは心配そうな顔付きをした。

「由香先輩、落ち着いて。冷静になりましょ、冷静に。気持ちは分かります。けど、がんばっていれば、きっといいこともありますから。だから、落ち着いて」

「何、言ってんのよ。落ち着いてるから。まあ、見てなって」

ぐしゃぐしゃマルを持って立ち上がる。手を赤ちゃんの口元へとやった。そして、投下。赤ちゃんは、ぐしゃぐしゃマルを一飲み。吐き出しはしない。

「ほらね」

「信じられないですぅ」

ヒヨロは瞬きを繰り返した。

「あのう……どうして？」「さあ、どうしてだろ」

「分かんないんですか？」「うん、分かんないね」

「さっぱり分かんない？」「さっぱり分かんない」

赤ちゃんが何を感じ、何を考えているのかは分からない。趣旨不明で、かつ、理解不能。だが、はっきり分かったことが一つある。

ヒヨロと顔を見合わせた。

「覚えてる？　チーフがよく口にする言葉？」

「ええと、確か、『よく分かんねえ』のが」

「そう、それよ。『よく分かんねえ』のが」

二人同時に声が出た。

「離乳」「離乳」

　そして、右手でハイタッチ。左手でもハイタッチ。

　由香は鼻息荒くニッコリーへと向いた。

「ニッコリー、今まで散々、邪魔してくれたけどね、全部、許す。結果オーライ。あ
「ありがと」

　ニッコリーは陽気に鳴く。けら、けら。次いで、赤ちゃんへと向いた。

「赤ちゃん、おめでと。でも、明日も、またやるからね」

　赤ちゃんも陽気に鳴く。けら、けら。そんな声に合わせて、ガッツポーズをした。

　ヒヨロは給餌バケツを叩いて、やんやの喝采。

「いいです、いいです。由香先輩、もっとやって。もっと派手に」

「派手にって、こんな感じ？」

　ボディビルダーのようにポーズを取って、ガッツポーズをしてみた。イルカ達は見慣れぬ仕草に大興奮。水しぶきが飛んできた。プールサイドで、お祭り騒ぎ。もう、止めようにも、止められない。

「何やってんでぇ、おめえら」

　背後から、あきれたような声が飛んできた。慌てて振り向く。柵際の薄闇にチーフの姿があった。

「夜にやると言うからよ。来てみたんだが、こんなことになってるとはな」

そう言うと、チーフは柵の戸を開け、プールサイドへ。

その元へと駆け寄った。

「食べました、チーフ。赤ちゃん、食べたんです。何が何だか分からないんですけど、うそじゃないです。一瞬、見間違いかなと思ったんですけど、確かめたら、水音も無いし、ヒヨロも見てくれたし、やっぱり間違いないなって」

鼻息荒く報告した。そんな自分をチーフは唖然とした表情で見つめている。ああ、まどろっこしい。どうして、伝わらないのか。

「食べたんです、チーフ。裏返しですけど。裏返しって何かと言うと、これがまた分かんない話で、切り身が裏返し。ぐしゃぐしゃで丸くて、団子みたいで」

何を言っているのか、自分でもよく分からない。

「この塊を『ぐしゃぐしゃマル』って名付けようかと。あ、そうだ。名付けで思い出しました。赤ちゃんに名前を付けようと思います。初回ですけど、食べてくれたんで。私、ネーミングセンス無いんで、公募します。名付け親になった人に、年間フリーパスをプレゼント。いいですか」

ようやくチーフが言った。

「そりゃあ、別に構わねえがな」

「あ、それと」

チーフへと一歩、歩み寄った。言わなくてはならない。

「私、この仕事、続けたいです。自分で無理って思っちゃうまで、続けたいんです。吉崎姉さんみたいになることを目指します。いいですか、チーフ」

「ばかやろ……が」

「あ、だめ?」

「おめえに、どれくれえの手間暇がかかってると思ってんでえ。普通の新人のよ、何倍もかかってんだよ。ありがてえや。ありがたくって、鼻水が出てくらあ」

チーフは鼻をすすった。そして、プールを見る。次いで、自分の方を見る。

「いいか。およそ二ヶ月、おめえは赤ん坊と真正面から向き合ってきた。おめえは、自分が赤ん坊にトレーニングしてたつもりなんだろうが……本当はよ、赤ん坊がおめえにトレーニングしてたんだよ。分かっか、この意味が」

はい、と答えたとたん、目がまた熱くなってきた。慌てて、袖を目元へ。その袖で涙を拭うと、チーフがまた「ばかやろが」と言った。

「めでてえ夜なんだよ。なに、泣いてやがるんだ」

「泣いてません。目がかゆいんです」

チーフは目をヒョロへと向けた。

「おめえまで泣いてどうすんでぇ」

「泣いてないですぅ。目から鼻水。チーフと同じ」

チーフは鼻をすすって苦笑い。「何だっていいや」と言った。

「敢えて、今、言っとくぜ。食べたと言っても、まだ初回よ。赤ん坊が安定して食べ出すまでには、時間がかかる。明日からまた新しい一歩だ。分かるな」

「分かります」

「分かりますぅ」

チーフは空を見上げた。

「めでてえ夜よ。笑わなきゃな」

夜空はすみわたっていた。大きな月が輝いている。見とれていると、プールの方で大きな水音がした。きらめきが夜空に散っていく。

ジャンプの水しぶきだ。

「ニッコリー」

月の輝きを身に受け、ニッコリーは一回転した。そして、派手に着水。赤ちゃんも続いた。力いっぱい、月に向かって。だが、とても届かない。地味に着水。ただし、水しぶきだけは一人前だ。自分達がいる所にまで飛んでくるのだから。

いたずらっ子コンビの誕生か。ほほえましい。

「けど……ほどほどにしてね」

もう一度、袖で涙を拭く。心の底から由香は笑った。

第六プール　緊急ミーティング

1

閉館時間を告げる館内放送が流れている。既に夕暮れ。観客スタンドにはもう誰もいない。

由香はイルカプールにいた。

目の前にはイルカの赤ちゃんがいる。小振りのアジを手に取って、その口元へと放った。赤ちゃんは拒むことなくパクリ。

「オーケー」

これにて、離乳トレーニングは終了。ゆっくりと背を向けると、赤ちゃんは母親ルンの元へ戻っていく。背を向けるのが終了の合図だと分かってきたらしい。今日も問題なし。順調だ。

胸を撫で下ろしつつ、イルカ館壁際の長イスへ。飼育日誌を手に取った。ページを開いて、ボールペンを手に取る。今日の成果を書き込んだ。

『小振りのアジ（まるごと）〇』

赤ちゃんが食べられる食材は、日に日に、増えていっている。まずは、ぐしゃぐしゃマル。小振りのアジとイカナゴについては、一尾まるごとで大丈夫。大きめの切り身は、時々、食べる。離乳トレーニングは一山越えたと言っていい。だが。

日誌を長イスに置き、ため息をついた。

さて、どうしたものか。

プライベートでの大きな問題が残っている。結婚に関する前々からの課題——自分の実家の件が手つかずのままなのだ。先輩にプロポーズしてもらったのは夏終盤のこと。それから、休耕田ビオトープがあり、ホタルの件があり、離乳トレーニングがあり。走り回っているうちに、肌寒い季節を迎えることとなってしまった。

時が過ぎるのは早い。いや、自分の段取りが悪いのか。

「両方……だよな」

実家には、まだ、先輩のことを話していない。それどころか、結婚の話すら、持ち出していない。あいも変わらず、母は見合いのために帰ってこい、と電話をかけてくる。だが、そちらは何とかなるだろう。やはり、問題は。

「父さんなんだよな」

役所勤めで土木関係の仕事をしている父は、水族館が好きではない。端的に言って、大嫌いと言っていい。しかも、この大嫌いは根が深い。幼年期の父のトラウマのようなもの——海洋学の研究者だった祖父がフィールドワークに出かけ、家庭を顧みなかったという苦い思い出——に根ざしているのだから。

要するに、先輩の人となりは、全く関係がないのだ。もし、先輩が千葉湾岸市役所の人ならば、父は即オーケーと言うだろう。だが、実際はアクアパークの人。水族館勤めというだけで、もう、それ以上は聞こうとすまい。門前払いは間違いない。どう話を切り出せばいいのかすら、見当がつかないのだ。しかし、この件ばかりは、他の人に頼るわけにはいかない。

一難去って、また一難とはこのことか。

結婚とは、もっと華やかで心浮き立つもの、と思っていた。だが、実際にやろうとすると、やっかいな問題の連続だ。まるで、問題解決トレーニングではないか。

「どうすりゃいいんだろ」

長イスの上であぐらをかいた。ついでに、頭も激しくかく。

観客スタンドの方から、笑い声が聞こえてきた。

「あんたは、いつも、頭をかいてんな」

見覚えのある人が境の柵に手をついている。

「黒岩さんっ」

慌てて長イスから下りた。柵際へ駆け寄る。

黒岩さんは鞄を背後の座席へと置き、こちらに向き直った。

「頭をかくだけじゃない。俺が来た時は、いつも、あぐらをかいて悩んでる。イルカと始終一緒にいると、そうなっちまうのか」

「いえ、その、たまたまです」

うちの父が云々とは、さすがに言い出せない。ごまかすしかない。

「あの、これから打ち合わせですか」

「もう終わって帰るところだよ。内海館長に岩田の親父、それに倉野さん、皆で額を付き合わせて話をしてな」

動悸がした。

まずい。話とは、もしかして、映像機材の件ではないのか。ルンの出産の際、黒岩企画からプロ仕様の映像機材を借りうけた。それが、そのままになっている。チーフから返却手続きをするように言われたのだが、すっかり忘れていた。まさか、館長との直談判に及ぶ事態になっているとは。

「すみません。映像機材のことですよね。アクアパークの怠慢じゃないです。私の怠慢です。返します、すぐに返しますから、何卒、穏便に……」

「返さなくていい」

「へ？　本当に？」

「ずっとカメラを回してる水族館なんて、そうは無いだろ。もちろん、自然界でもあるわけない。長時間潜水なんて、簡単にできるもんじゃないからな。どのみち、映像データの利用権は黒岩企画にもあるんだ。取りあえず、記録してあるデータはもらって帰るし、しばらく、今のままでいい。岩田の親父にも、そう言っといた。まあ、俺の置き土産と思ってくれ」

「置き土産？」

「ああ。今週末で、俺は会社と関係なくなるんでな。辞めさせられるんだ」

「辞めさせられるって……あの、黒岩企画って、黒岩さんの会社ですよね」

「それでも辞めさせられる。小さな事務所会社なんて、そんなもんだよ」

どういうことなのか、意味が分からない。怪訝な顔で黒岩さんを見つめる。

黒岩さんは説明を追加した。

「知っての通り、俺の会社はアメリカの自然科学番組チャンネル『オーシャン・グラフィック』の仕事もやっている。日本支社としての仕事だよ。今じゃ、半分くらいはその仕事でな。オーシャン・グラフィック本社と対立すれば、会社は立ちゆかなくなる。そんなことは百も承知なんだが、俺は、つい、やっちまった。我慢ならなかったんでな」

「あの、いったい、何が」

「本社の連中がな、また、マイヤー博士にやらかした」

黒岩さんは苦々しげな表情を浮かべた。

「マイヤー博士は、来年の夏、現役を退く予定にしてたんだ。で、博士のこれまでの業績を称える番組を作ろうという話が持ち上がってな。その題材として、博士にロングインタビューをした」

引退のことは初めて知った。頭の中に、博士の朗らかな笑顔が浮かんでくる。

「で、その収録の段取りは、俺が付けたんだ。そんな番組を作るなら、俺も一役買いたい──そう思ってな。インタビューの収録も無事にすんで、俺は番組の出来上がりを楽しみにしてたんだが」

「出来上がらなかったんですか」

「いや、出来上がった。だが、内容はひどいもんよ。博士が伝えようとした事柄に反するものになってた。編集の過程でイメージが変わることは、よくあるんだ。が、逆のニュアンスにまで変えちまうのは、業界でも信義に反することよ。俺には意図的にやったとしか思えなかった」

夕闇が深まっていく。夜間灯がついた。その明かりが黒岩さんの表情を照らし上げる。疲労の色が濃く滲み出ていた。まるで、一気に年を取ったかのようだ。

「あんたも知ってるだろう。博士のスタンスは明確だ。自然や生き物のありのままの姿を、まず、理解するべきだ。冷静、かつ、客観的に。その理解に基づき、各々の価値観を築いていく。当たり前の話のように思えるが、実際は圧倒的に逆の方が多いんだよ。まあ、あんたの知ってる自然保護活動を思い浮かべてみてくれ。たいてい、最初に、理念や価値観、イメージが来てるはずだ。それに基づいて、事実を色分けしていってる。実は『結論ありき』なんだよ。俺の感覚じゃ、そういった風潮は、年々、強まっていく」

黒岩さんは唇を噛んだ。

「で、俺みたいにひねくれた人間は思ってしまうわけだ。『本当に自然を守りたいのか？　自然を守っているという自分に、酔いたいだけじゃないのか』ってな。だが、さすがに口には出さない。何を言っても、逆ギレされるのがオチだから。どうだ？　言い過ぎだと思うか」

「いや、まあ」

口ごもった。黒岩さんは口が悪い。そのことはよく知っている。

「その……はい。ちょっと言い過ぎかな、と」

「厳しい物言いだとは思う。だが、決して言い過ぎじゃない。この問題は身近で深刻なんだ。内海さんから聞いたんだが、この夏、あんたも経験したんだろう？　カワバタモロコとか、ホタルとか。多くの人が『守るべき自然とは何なのか』について、よく考えないまま、イメージだけで行動してしまう。最も身近で関係深い自然でさえ、そうなんだよ。海洋環境や海に棲む水族となれば、言うまでもない。元々、日常生活から、かけ離れてるんだ。最初からイメージ先行だと言っていい」

黙っていた。そのことについては、耳が痛い。

「こういったことについて、博士はずっと憂慮してた。だが、対外的な場では、語ってこなかった。けどな、この時のインタビューでは、この問題について触れたんだ。『引退する前に、一度はきちんと言っておかないと』なんていう心持ちだったんだろうな」

春先に博士に会った時のことを思い返した。博士の物腰は柔らかい。語り口も穏やかだ。それでいて、話には説得力がある。

「私もその場にいたかったです。英語は分かりませんけど。でも、そのインタビューをもとに作れば、絶対、いい番組になりますよね」

「俺もそう思った。だから、出来上がりが楽しみだったんだ。ただ、収録時に少し気になることがあってな。インタビュアーが何度か話の流れを無視して、海獣の話題を振ってたんだ。で、さっきも言ったが、その出来上がりを見て、俺は唖然とした」

「インタビューとかなり違ってたんですか」

「違ってたどころか、別物だよ、あれは。インタビューを切り刻んで、博士の昔の写真をちりばめる。そこに、イメージ映像。博士が伝えようとしたことに、見事に反する内容に仕上げていた」

由香は首をひねった。実際に行ったインタビューをもとに番組を作っているのだ。そんなことできるだろうか。

「その、さすがに変えれませんよね。反対の内容にまでは」

「できる。簡単なことだよ。俺達の仕事は、まさしく『イメージを作る』仕事だから。全く同じ材料をグッドニュースにもバッドニュースにも加工できて、一人前なんだ。だからこそ、新米の頃に業界倫理を叩き込まれる。『事実を作るな』ってな。だが、連中はそれを堂々とやった」

自分は業界事情を知らない。黒岩さんの話は、分かるようで分からない。詳しいことを尋ねるべきかどうか。迷いつつ、頭をかいた。そんな仕草で思いが伝わったらしい。黒岩さんは「技術的な話になるが」と言い、説明を追加した。

「今回の場合で言えば……まず、長いインタビューをざっと見て、材料となる部分を抜き出すんだ。材料とは、自分達にとって都合のいい部分のことよ。だから、博士の主張が強い部分は対象にならない。インタビュアーのくだらない質問に答えてる辺りなんかが、絶好の抜き出しポイントになる」

黒岩さんは境の柵を強く握った。

「そうやって抜き出し終えたものを、適当にくっつける。すると、可も無く不可も無くのブツが出来上がるんだ。そんなブツの所々に、ナレーションか、番組キャスターの感想を入れるんだ。できれば、人の感情に訴えかけるような口調がいい」

「訴えかけるような口調？」

「たとえば……『太古の昔より人間の友であった海の生き物達。友を失う前に、私達は行動しなくて良いのでしょうか』とか、『愛すべき生き物達の現状に、博士は心を痛めているように見えました』とか。背景には美しい海とか、かわいい海獣達が戯れるイメージ映像がいい。そこに博士の若い頃の写真を被せる。そうすると、博士が直接、そう主張しているように見えてくる」

息をのんだ。細かなことまでは分からない。だが、なんとなく想像はできる。

「あからさまな嘘なんか、つかなくていいんだ。それでも、自分達にとって都合のいいものが出来上がる。この程度の小手先テクニックは、業界に数年もいれば、身につくんだよ。そうせざるをえない場合だってあるしな。だがな、皆、あまり露骨にならないように自制してるんだ。なのに、本社の連中は、堂々とこれをやった」

「あの、どうして、そんなことを？」

「決まってる。オーシャン・グラフィックの視聴者って誰だ？　大半がイメージ先行の自然愛好家だよ。かわいい生き物を見るために、チャンネル契約してんだ」

言葉が無い。ど真ん中ストレートを投げ込まれた気分だ。

「もっとも、俺もこの業界で飯を食ってきた人間なんだ。事情はよく分かってる。だがな、マイヤー博士を称えるという趣旨は、どこへ行った？　これじゃあ、侮辱だよ。しかも、オーシャン・グラフィックは、以前、マイヤー博士に似たような思いをさせている。これで二度目だ。あんたも覚えてるだろう」

「ええと、雑誌版オーシャン・グラフィックの創刊号の件ですよね。まるで博士が直接『イルカは別世界から来たスーパーアニマル』なんて語ったかのような内容になってて」

その結果として、仲介者だった黒岩さんの面目は丸つぶれになった。そして、博士の元へと謝罪に行くことになったのだ。博士は笑って許したものの、同時に、黒岩さんに約束させた。その約束とは、見返りとしてアクアパークのプロジェクトを手伝うこと。それ以来、アクアパークと黒岩さんの付き合いは続いている。

「でも、あの時は、確か……次号に詫び文言が入りましたよね」

「ああ。だが、それが限界だった。雑誌部門は本社直轄《ちょっかつ》。俺は手を出せないから。だが、今回は違う。番組の日本語版を作ることになってたんだ。その制作時に、俺はかなり手を入れて、編集し直した。博士の思いが少しでも伝わるようにな。だが、これが本社の怒りを買った」

黒岩さんは自嘲気味に息をつく。そして「まあ」と言った。

「あんたなら分かるだろ。役所にいたんだから。こういった関係は、いったんこじれると、結構、引きずるもんでな」

「いや、その……分かります、よく」

「本社にとっちゃ、『また盾突きやがって』だ。一方、俺にとっちゃ『馬鹿げたことを繰り返すな』だ。二度目だから、双方、譲歩できない。何回もやり合ううちに、次第にヒートアップ。ある日、突然、アメリカから通知が届いた——『黒岩企画との契約は更新しない』。まあ、最初に一発ぶちかますのは、連中の常套《じょうとう》手段だ。俺は即座にアメリカへと飛んで、連中と侃々諤々《かんかんがくがく》。その結果、日本支社としての契約は継続となった。だが、条件が付いたんだ。それが俺の辞任。後任の社長はオーシャン・グラフィックから来ることになってる」

「その条件、のんだんですか」

「のむしかないだろ。社員を路頭に迷わすわけにはいかないから。小さな事務所会社なんて、こんなもんだよ。で、今週末で、会社を去るってわけだ」

「じゃあ、来週からは？」

「非常勤の嘱託スタッフ扱い。何の権限も無い。ただ、自由だ。個人名義での活動については、何の縛りも受けない。このことは文書にして確認し合ってる」

黒岩さんは自分を見つめる。その視線が真正面から向かってきた。

「俺は自分が作った会社を失って、初めて自由になった。誰に気兼ねするでもなく、カメラを回せるようになったんだ。だから、全てを記録してやる。失敗も成功もな。そのために、ここに来た」

「そのため？　あの、いったい、どういう……」

「もうすぐ分かる」

そう言うと、腕の時計を見る。すぐに言い直した。

「いや、すぐに分かる」

それと同時に、スピーカーの反響音が周囲に響きわたった。続いて、マイクを動かす音が続く。これは館内放送か。だが、いつもとは違う。そもそも、通常の館内放送は、こんな音量では流れない。

『業務連絡、業務連絡。管理部より、アクアパーク全スタッフあてに連絡する。繰り返す。管理部よりアクアパーク全スタッフあてに連絡する。各自、仕事の手を止められたい』

しゃべっているのは倉野課長らしい。重い口調だ。まるで堅苦しい文書を読み上げるようなしゃべり方をしている。

『本日、午後六時より、メイン展示館の多目的室において、全館ミーティングを開催する。参加制限は無し。持参すべき物も特に無し。唐突、かつ、繁忙を承知のうえ、一人でも多くの参加を請う。繰り返す。本日、午後六時より……』

「俺が話すまでもないな」

黒岩さんは背を向けた。座席に置いた鞄を手に取り、肩へとかける。こちらに向き直ると「じゃあな」と言った。

「がんばってくれ。忙しくなるだろうが、体は壊さんようにな」

「忙しく……なる？」

「ああ。その全てを俺は撮ってやる。心配するな」

何が何だか分からない。だが、何かが起こっている。それは間違いない。

「由香先輩っ」

プールサイドで声がした。ヒョロが柄ホウキを手にして叫んでいる。

「僕、調餌室に行ってきますっ。明日の給餌の準備はしとかないと」

そう言うと、柄ホウキを壁際へと立て掛け、慌ただしげに調餌室へ走って行く。一方、傍らのプールからは水音。アクリル壁の近くで、ニッコリーと赤ちゃんが顔を出していた。大音響に戸惑うように、二頭は周囲を見回している。

「あんたも出席せんわけにはいかんだろ。俺は梶と待ち合わせてるんだ。梶から映像データをもらうことになっててな。これから、そっちの方に行くから」

そう言うと、黒岩さんは足を観客スタンドの階段へ。冷たい潮風が黒色さんの髪を揺らしている。

「いったい、何が」

由香は黒岩を見送りつつ、黙って唾を飲み込んだ。

2

多目的室の出入口はごった返している。人波に揉まれつつ、その室内へ。

「痛《い》て」

由香は人波からはじき出された。

よろけながらも、なんとか部屋の奥隅へ。たどり着いて、安堵の息をついた。状況がどうであれ、まずは、目立たない位置を確保する。確保してから、考える。これは、もう性分だ。そうでなくては、自分は落ち着かない。

前の方で、倉野課長が声を張り上げた。

「皆、悪いがな、今日はイスが無い。館長がしゃべるスペースだけ空けて、あとは自由。適当に散らばってくれ」

室内には庶務担当の顔もある。が、他の人と同様、戸惑いの表情を浮かべて、呆然としていた。普段なら会議の準備をするのは庶務担当。だが、この全館ミーティングについては、知らされてなかったらしい。もっとも、戸惑っているのは庶務担当だけではない。ここにいるほぼ全員と言っていい。なのに——なぜか、外部の第三者である黒岩さんは知っていた。

これは、いったい、どういうことなのだろう。今まで、こんなことは経験したことがない。

「由香先輩」

人混みの中から、ヒョロがやって来た。息を切らせている。

「こんな全館ミーティング、初めてですぅ。こんなに混んでましたっけ?」

「そんなわけない。いつもの倍、いや、三倍はいる」

全館ミーティングは定期的に招集される。だが、役付でないスタッフの参加は自由。だから、普段なら三分の一くらいしか参加しない。今日はほぼ全員がそろっている。海獣と魚類展示の両グループはむろんのこと、管理部もほぼ全員。それも、各部門のチーフクラスから契約スタッフまで。めったに顔を出さない物販部門のパート長も出席している。

おそらく、皆、あの館内放送から、何かを感じ取ったに違いない。そうでなければ、これだけの人が集まるわけがない。

「ヒョロ、黒岩さんは？　あれから、どうなったか知ってる？」

「メイン展示館のサーバー室で映像データのやりとりをしてますぅ。たぶん、もう終わった頃だと思うけど」

「私達、立ち会ってなくて大丈夫かな」

「ボク、ここに来る途中、サーバー室に寄ってきました。そうしたら、梶さんと黒岩さんがいて。梶さんが言ったんです。『ここは俺に任せて、おまえは全館ミーティングに行け』って。で、ボク、走ってきて」

再び、倉野課長の声が響きわたった。

「皆、静かにしてくれ。これから、臨時の全館ミーティングを始めるから」

その言葉とほぼ同時に、前側の扉が開いた。内海館長が入ってくる。続いて、岩田チーフ。倉野課長は岩田チーフと目を合わせた。そして、自分は壁際へとひく。代わって、岩田チーフは真ん中へと足を進め、進行役を引き継いだ。

「唐突にすまねえな。だがよ、時間は取らせねえから。内海館長から話があるんだ。皆、聞いてくんな」

それだけ言うと、チーフも壁際へとひいた。倉野課長と並んで立つ。内海館長は空いたスペースへと足を進め、自分達の方を向いた。

「まずは、結論に関わる部分から、端的に申し上げましょう。千葉湾岸市からアクアパークあてに重要な通知がありました。『アクアパークの運営につき、一から見直す』という趣旨の通知です」

室内がざわめく。

内海館長は手を挙げ、「お静かに」と言った。

「詳しくご説明します。我々の職場は、言うまでもなく、千葉湾岸市立の水族館、『アクアパーク』です。その運営は市とウェストアクアが出資する『共同事業体アクアパーク』が請け負っている。スタッフである我々は、この共同事業体に所属しています。つまり、市から運営業務を委託される立場にあるわけです。ちなみに、こういった形態は全国に多々ありまして、別に珍しいものではありません」

館長はいったん言葉を区切った。向き合うスタッフの顔をゆっくりと見回していく。少し間を置き、再び語り始めた。

「当然のことながら、我々は口約束で仕事をしているわけではありません。千葉湾岸市と我々との間には、運営業務に関する委託契約があります。契約上は二年ごとの自動更新になっているわけですが――千葉湾岸市によりますと――今後の更新についてはどうなるか分からないとのことです」

室内が再びざわめく。

由香は唾を飲み込んだ。なんてことか。アクアパークが黒岩企画に重なっていく。同じような立場だということではないか。

「ただし」

話は再開。即座に場は静まり返った。

「市は更新しないと決めたわけではありません。前々からの課題『臨海公園の活性化』を踏まえ、臨海部のあり方を再検討すると言っています。そのため、アクアパークとその周辺のエリアにつき、事業プランを広く公募すると。既に皆さんも肌でお感じになってると思いますが、アクアパークの設備は経年劣化し、修繕が必要な時期になっています。そのため、市はプランの公募にあたって、明言しました。『建て替え、大規模修繕、取り壊し』を含む全ての可能性を排除しないと」

もう室内はざわめかない。

「大きな話ですから、一朝一夕には決まりません。まずは公募。全国から集まるであろう多くのプランは、書類選考にて、数プラン程度へと絞られます。そして、千葉湾岸市本体を相手とした会議形式の提案会――いわゆるプレゼンをへて、新しいプランが決まる。ただし、私達には運営の実績がありますので、書類選考で落とされることはありません。最終段階であるプレゼンへ進むことは、既に確定しています」

室内は静まり返っている。館長の声以外は、物音一つしない。

「このプレゼンは、およそ半年後。つまり、来年の夏に予定されています。ここで全ては決まる。結果として、アクアパークが存続することもあれば、新しい運営者による水族館へと移行することもあるでしょう。全てを取り壊して、公園として再整備するということもありえます」

聞いているだけで、重苦しくなってくる話だ。しかし、内海館長の表情はいつもと変わらない。穏やかな口調が続いている。

「私達は、これから、このプレゼンに向けて準備を進めていくことになります。ですが、何も焦ることはない。私達はずっと『水族館とは何か』を己に問いつつ、仕事をしてきました。身近な例を挙げましょう。たとえば、『もう一歩プロジェクト』です。自分の仕事のあり方を、慣例や常識にとらわれずに見直していく。今回も同じことと言って良いでしょう。このプレゼンは、これまでやってきたことの総仕上げにすぎません」

顔が引き攣った。『もう一歩プロジェクト』の旗振り役は自分。館長は「同じこと」と言い切ったが、そんなわけがない。『もう一歩プロジェクト』は身近な仕事の見直し。一方、今回の件には、アクアパーク存続がかかっている。どう考えても、レベルが違うではないか。

だが、そんな思いをよそに、館長の話は続いていった。

「なお、先ほど、来年の夏に方針が決まると申し上げましたが……実際に物事が動き始めるのは、そこからずっと先になると思います。たとえば、仮に取り壊しになるとすれば、多くの手続きがあり、一年近い調整期間が必要となるでしょう。別の水族館に移行するということならば、引き継ぎの期間も考えなくてはなりません。従って、全館ミーティングを緊急招集する必要までは無いのです。では、なぜ、こうして集まっていただいたか」

館長はまた一人一人の顔を見ていく。

「千葉湾岸市は、週に一度、地元メディアと情報交換をしています。定例会と呼ばれているものなんですが、これが明日の午前に予定されています。もしかすると、その場で、この話が出るかもしれません。となれば、皆さんは、自分の職場の重大事を、報道によって知ることになります。誰にとっても、おもしろいことではないでしょう。よって、取り急ぎ、皆さんのお耳に入れるべきと判断いたしました。そのため、ご多忙を承知で、お集まりいただいた次第です。その点、何卒ご理解のほどを。私からの話は以上です」

内海館長は話を締めくくった。そして、チーフの方を見やる。

チーフはうなずいて、目を集まったスタッフの方へ。その場で「今日のところは」と声を張り上げた。

「ここまで。何かあれば、各部署のミーティングか、館内LAN、または廊下の掲示板で報告すっから。気になることがあれば、遠慮せず、管理部の倉野まで言ってくんな。じゃあ、全体ミーティングは終了。解散してくれ。ただし、これから言う二名は、このあと、館長室に来ること。まずは、今田《いまだ》修太」

修太さんだ。館長がわざわざ『もう一歩プロジェクト』を持ち出した以上、呼ばれるのも当然だと言っていい。そして。

「嶋由香」

やっぱり、来た。

由香は目をつむった。どうして？　仕事の見直しに関する旗振りくらいなら、まだいい。だが、これは職場存続をかけた話なのだ。自分が関与するなどありえない。どう考えても、おかしい。疑問だ。皆、なぜ、声を上げない。

だが、誰も口を開こうとしない、硬い表情のまま、出入口へと向かっていく。もう、人混みになることもない。

傍らで、ヒョロが心配そうに言った。

「由香先輩、大丈夫？」

「大丈夫じゃないと思う」

ヒヨロへと向いた。その腕をつかむ。

「ヒヨロ、分かるよね。無理よ、無理」

「取りあえず、廊下に出ましょ」

「絶対、無理なんだって。私に何ができんの。ねえ?」

「ボクに言われても」

ヒヨロは困惑の表情を浮かべている。背後から声がかかった。

「行くしかないでしょ、由香ちゃん」

修太さんだった。

「逃げられないよ。名指しだもの」

「でも、いったい、私達、何を」

「分かんない。館長室に行って、話を聞いてみないと。逃げ出すなら、それからにしよ。先に逃げ出していいから。途中で、僕、追い抜くかもしんないけどねえ」

逃げ出すなら、今、逃げ出したい。

動悸が止まらない。由香は胸を手で押さえた。

3

既に窓外は薄闇。廊下に二人分の靴音が響いている。

『館長室』

扉の前で、修太さんが足を止めた。

「じゃあ、由香ちゃん、ノックするよ。いい？」

「お願い……します」

修太さんはぎこちなく扉をノック。だが、返答は無い。もう一度、ノックした。またもや、返答は無い。修太さんは首を傾げると、手をノブへ。扉を開けて、室内へと入っていく。そのとたん、声を裏返して言った。

「梶、なんでいんの？」

え、先輩？

慌てて、自分も室内へ。館長の姿は無い。岩田チーフと倉野課長の姿も無い。なぜか、先輩の姿だけがある。先輩は三人掛けの長いソファにいた。だが、座らずに立ったままでいる。いや、なにやら、立ち尽くしている。

「先輩、大変なんです、大変」

そんな先輩の元へと駆け寄った。早く耳に入れなくてはならない。

「さっき、全館ミーティングで大変なことが。大変なことなのに、皆、知らなくて。それで、余計に大変で」

出てくる言葉は「大変」ばかり。どこから話せば良いのか、分からない。伝えようとすればするほど、気が焦る。そして、焦ると、言葉が出てこなくなる。

「知ってる」

先輩は大きく息を吸った。

「千葉湾岸市から正式に話があったのは、昨日の夕刻なんだ。市の担当から呼び出されて、俺が書類を受け取りに行った」

「先輩が？」

「内海館長の都合がつかなくて、代わりに行ったんだ。市の担当とは面識があるから。で、こういったものを」

先輩は膝元の応接テーブルへ目を落とした。テーブルには難しそうな書類が広がっている。どの書類にも、千葉湾岸市の赤い印が押してあった。

「運営委託の契約に関する通知書。それに、臨海公園活性化事業の一般公募要項。今日は書類を見ながら、ここで打ち合わせをずっとやってた。昼過ぎからは、黒岩さんにも加わってもらって」

修太さんが応接ソファにやって来た。テーブルの書類をのぞき込む。顔を上げると、先輩に真顔で言った。

「この件って、梶の陰謀？」

「馬鹿。何てこと、言うんだ。俺だって、昨日の夕刻から、ずっと、頭が混乱しっぱなしなんだ」

「僕達、何やんの？　その内容次第でさ、僕と由香ちゃん、逃げ出そうと思ってるんだけど」

「俺にも分からない。打ち合わせは、全体のスケジュールと人繰りについてだったんだ。その結論が出る前に、俺は部屋を出た。黒岩さんに渡す映像データを準備しなくちゃならなかったから。『作業がすんだら戻れ』と言われてたから、戻って待ってた。そうしたら、おまえ達が来た。俺も、何がなにやら、分からない」

先輩は激しく頭をかく。

「逃げるなんて言うな。いや、言ってもいいけど、二人だけで逃げるな。その時は俺も一緒に逃げる」

その時、背後で声がした。扉の向こう側からか。

「それは弱りましたね」

振り向くと同時に、扉が開いた。内海館長が部屋に入ってくる。その背には岩田チーフと倉野課長。館長は大仰に肩をすくめ、背後の二人に言った。

「三人とも逃げるそうですよ。私達もそうしますか」

「そりゃあ、いい案でっさあ。日も暮れたし、一杯やりたいところで」

「逃げるが勝ちですな」

そして、三人そろって大笑い。

由香は唖然とした。

この人達は何なんだ。自暴自棄になっているのか。

「まあ、立ってないで、座って下さいな。そのソファにどうぞ。きちんと並んでね。そうすれば、簡単に逃げ出せないでしょうから」

三人は笑いながら、応接ソファへやって来た。奥の席から館長、チーフと座っていく。自分はパイプイスに座ろうと思いきや、既に、倉野課長がパイプイスを広げていた。慌てて駆け寄ると、課長は手を挙げて自分を制する。「いいんだよ」と言った。

「話の主役はおまえ達なんだ。正面のソファに座って、聞いてろ」

できることなら、少し離れたところに座って、館長からのプレッシャーを避けたかった。だが、こうなれば、仕方ない。

あきらめの息をつきつつ、応接ソファへ。今の位置のまま、順に腰を下ろしていく。先輩、修太さん、自分。かくして、長いソファに三人並んで座ることになった。自分達の向かいには館長とチーフ。このプレッシャーは、生半可なものではない。

「では」

内海館長が自分達を見回した。

「お三人方に、お話ししましょうか。話というのは他でもない。千葉湾岸市あてのプレゼンのことです。アクアパークの命運を左右する会議だと言ってもいいでしょう。これに向けての準備を、皆さんにお願いしたいと思っています。それと」

なぜか、ここで館長は、一呼吸、置いた。

嫌な予感がする。この妙な間は何なんだ。

「夏のプレゼン本番についても、お任せしたい。千葉湾岸市のお偉方にアクアパークの案を提示して、説明するんです。そして、アクアパークの存続を勝ち取ってもらいたい。そう思ってます」

内海館長は本気か。あまりのことに気が動転してしまい、自分でも言っていることが分からなくなっているのではあるまいか。

由香は慌てて横を見やった。

先輩は凍り付いたようになって、身動き一つしない。修太さんは逃げ出そうと腰を浮かしかけている。

館長は顔をしかめた。

「なんて顔をするんです。いいですか。三人とも、よく聞いて下さいな。一般公募となれば、全国から様々なプランが来るはずです。ありとあらゆる水族館の姿が提案されるでしょう。『水族館はやめて、別の施設にしましょう』というプランも出てくるかもしれません。そういった案に打ち勝つには、何が必要となるか。『この地に、アクアパークが必要である』理由です。それも、筋道の立った強い理由がいるんです」

強い理由？　分かるようで、分からない。自分が千葉湾岸市に来た時、既にアクアパークは存在していたのだから。

「まず、アクアパーク云々の前に、この地に『水族館』が必要な理由を明確にせねばなりません。もしかすると、水族館などいらないのかもしれませんから。もし、必要だと言えるならば、『どんな水族館』が必要なのか、その条件を明らかにせねばなりません。そして、その条件にアクアパークが適合していることを示すわけです」

館長は論理学の授業のように話を進めていく。

「むろん、簡単には示せないでしょう。アクアパークがこれまでにやってきたことを、第三者的立場で、冷静に分析し直す必要があります。もしかすると、アクアパークはこの条件に適合していないのかもしれませんから」

館長は軽く肩をすくめた。

「もし、適合していたとしても、それらは過去の話です。過去について問題が無ければ、次に、将来について語らねばなりません。つまり、目指すべき目標——『あるべき水族館』の姿を示し、『アクアパークなら、それを達成できる』と言わなくてはならない。もし、問題なく言えるならば、改めて、ライバル達に堂々と問いかけましょう。『あなた達はこれだけのことをやる気力、企画力、実行力があるのか』と」

館長の口調が少しだけ熱を帯びてきた。

「分かりやすい例を挙げて、説明しましょう。たとえば、最近、取り組んだダブル・プロジェクトです。『運営基準作りプロジェクト』と『ルンの出産プロジェクト』——どちらも、一歩間違えば、手ひどく叩かれるプロジェクトでした。私達はそのリスクを覚悟しつつ、他の水族館がやらないことをやってきたんです。生き物相手の仕事において、美しい理念を口にする人はたくさんいます。ですが、それを実のある策として実行に移すことは、そう簡単ではないのです。ですが、私達は誰よりもそれを追求し、実践してきた。その自負心は、私達全員の胸にあるはずです」

館長はテーブルに身を乗り出した。

「プレゼンに勝つ方法は一つ。『水族館の存在意義を問い直す』真っ向勝負を挑む——それしかないと思っています。この真っ向勝負、多くの人が目をそむけて、逃げ出すんです。『やれていない』という後ろめたさがありますから。しかし、アクアパークは真っ向勝負せねばならない。そうしないと、おそらく、このプレゼンには勝てません。資金力の勝負となれば、いくらでも上はいますから」

由香は唾を飲み込んだ。

多少、口調が熱を帯びていても、内海館長は冷静だ。いつもの語り口と変わってはいない。館長は、いつも、最初に大きな理念を語るのだ。だが、それだけでは終わらない。そのあとに、必ず着手可能な具体案が付いてくる。

「プレゼンに勝ち残れば、アクアパークはどうなるか？　これまでの実績を踏まえたうえで、新しい目標を見据える水族館に生まれ変わることとなります。新生アクアパークの路線が軌道に乗るには、数年かかるでしょう。その頃、たぶん、私はもう引退しています。岩田チーフ、倉野課長も一線を退いてる可能性がある」

館長は大きく息をついた。そして、ソファへともたれる。少し語調をやわらげ「実はね」と言った。

「数ヶ月前から、千葉湾岸市の動きは気になっていたんです。突然、『臨海公園の活性化で議論百出』なんて話が聞こえてきましたから。でね、岩田チーフ、倉野課長と、こういった事態になった場合の対応について、話し合ってきたんです。私達は、三人共、アクアパーク設立準備委員会のメンバー。自分達の職場は自分達が作る――そんなプライドを持って、やってきました。そして、今回の件について、三人そろって、こう思ったんです――将来の姿を提示することは、誰がやるべきなのか。三人の意見は一致しました。その将来を担う人達がやるべきだと。どうです、違いますか」

内海館長は促すように、隣に座る岩田チーフへと目をやる。チーフは軽くうなずき、身を乗り出した。

「心配すんねえ。要は、おめえ達が音頭を取って、話をとりまとめる。で、本番の日にゃあ、前線に立つ。それだけのことよ。館長も倉野も俺も、当然、手伝わあな。相談してくれりゃあ、知恵も出すつもりよ。というか、そうせざるをえねえだろ。そうでねえと、これまでの運営と整合性が取れなくなっちまうから」

「ですが」

先輩がようやく声を絞り出した。チーフを見る。そして、館長を見る。

「私達では、あまりにも、知識と経験が……」

「あると思いますよ。あると判断したからこそ、来てもらったんです。別に、これは世辞でも何でもない」

内海館長が先輩の顔を見つめた。

「まず、梶君。ここ数年、私はいろんな所に君を連れ回してきました。そうやって、私の人脈を引き継いできたんです。君は、運営基準作りプロジェクトを通じて、それを更に拡大させた。対外交渉に関しては、うってつけです」

次いで、館長は修太さんへと目を向けた。

「今田君。君は水族館内部の実務について、誰よりも詳しい。倉野課長も、実務について は、口を出してないはずです。どんな立派な理念も、実務の裏付け無しには実行できません。君は欠かせないんです」

更に、館長は自分へと目を向けた。

「嶋さん。あなたの経歴は珍しい。三年間、役所でデスクワークをしてから、水族館の現場へと着任。昔の水族館ならあったかもしれませんが、今の水族館で、こんな経歴の人はまずいません。アクアパークの誰よりも、あなたの感覚は世間一般の感覚に近い。いいですか、あなたが共感できなければ、きっと、世間の人も共感できないんですよ。梶君も今田君も、知識と経験は十分にある。でも、あるがゆえに、無い人の気持ちが分かりづらい。二人の考えを、外部の人の感覚でまとめられるのは、あなただけなんです。それに、もう一つ」

館長の視線が真正面から向かってきた。

「あなたの元の職場は、どこですか。今回のプレゼンの相手方、千葉湾岸市でしょう。アクアパークに在籍していて、かつ、役所本体で働いた経験を持っているのは、嶋さん、あなただけなんですよ。両方を知っている。プレゼンにおいて、あなた以上の適任者はいない」

逃げ出したい。今すぐ。だが、体が動かない。隣に座る修太さんも黙り込んだままだ。浮かしかけた腰は元に戻っている。

先輩がまた声を絞り出した。

「全力を尽くしたとして……あの、うまくいかなかった時は」

「その時こそ、私、岩田チーフ、倉野課長の出番です。半年くらい先ならば、三人とも確実に在籍していますのでね。全力で次善の策を打ちますよ。あなた方三人を含め、アクアパークのスタッフを路頭に迷わす目には合わせません。だから、プレゼンがうまくいかなかった時のことは、考えなくてよい。純粋に、提示する案にのみ集中して下さいな。結果についての責任は、全て、館長である私にありますから。ただ」

館長は言葉を途中でのみ込んだ。言うべきかどうか迷っているようだ。が、すぐに思い直したように息をつく。「少し気になることが」と言った。

「あなた達にも、知っておいてもらいたいことがあるんです」

そう言うと、倉野課長の方を見やる。

課長はうなずき、館長の話を引き継いだ。

「先程、館長が仰った『真っ向勝負』なんだが……問題は、それが本当にできるかどうか、だ。プレゼンが公正でオープンならば、何の問題も無い。どんな結果になったとしても納得できる。が、役所内部には、何とも表現しにくいゴニョゴニョしたものがあってな。アクアパーク設立の時に、何度も経験した。抽象的な言葉で表向きの体裁は整えるんだが、結局、どんな根拠で決まったのか、誰の責任のもと判断されたのか、具体的なことがまるで分からない。分からないまま、物事が進んでいく」

倉野課長はため息をついた。

「今回の件も、そんな匂いが漂っている。『臨海公園の活性化』は、長年、千葉湾岸市のテーマだった。毎年、検討課題として上がり、そして、誰も手を付けようとしなかったんだ。そのことは、おまえ達も分かってるな」

言われるまでもない。三人そろって、うなずく。

倉野課長は「それなのに、だ」と言った。

「ここ数ヶ月で急に問題化して、物事が動き始めた。どうも、水面下で何らかの提案があったらしい。そんな匂いがプンプンしてる。今回の件は、その意向に沿って、進んでいる可能性が高い」

そう言うと、チーフの方を見やる。

今度はチーフが課長の話を引き継いだ。

「そこで、黒岩の野郎に登場を願ったってわけだ。俺達の準備作業については、全て公開するつもりよ。黒岩はそれを撮っていく。第三者による取材としてな。当然、役所に不自然な動きがありゃあ、それも撮る。地元メディアにも、適宜、情報を流すことになるだろうな。こうなりゃあ、妙な動きはしづらい。市内部で裏工作めいた動きがあったとしても、大々的なことはできねえ。まあ、そんなにうまく事が運ぶかどうかは、俺達にも分かんねえがよ、牽制《けんせい》がありゃあ、少しはマシになんだろ」

息をのんだ。

最初、話を聞いた時は、やっかいな仕事を丸振りされる、と思った。気が動転しているのではないか、とまで思った。だが、そうではない。館長もチーフも倉野課長も、極めて冷静だ。冷静な計算のもと、判断を下し、既に行動を開始している。

「さて、どうしますか」

館長は身を起こし、自分達の顔を見回した。

「これは水族館の存在意義を巡っての戦いです。今、その最高の舞台が用意されたと言っていい。ですが、無理強いはしません。いえ、できません。嫌々やれば、肝心のプレゼンに悪影響が出ますから。ということで……皆さんのお返事をお聞きしましょうか。どうします？」

頰が強張っている。

本音を言えば、逃げ出したい。そのことに変わりはない。だが、それをしてしまえば、これまでの全てを無にしてしまうことになる。この件は、自分達だけのことではないのだ。設立以来、多くの人がアクアパークに関わってきた。そういった人達の尽《じん》力《りょく》を無にしていいわけがない。

先輩の顔を見た。そして、修太さんの顔を見た。三人そろって、黙ってうなずく。

先輩が館長へと向き直り、代表して答えた。

「やります」

やるしかない。そういうことか。

目をつむって、唾を飲む。由香は拳を握りしめた。

エピローグ

屋上で先輩と修太さんが待っている。早く行かねば。

由香は館内階段を駆け上がった。

最上段にたどりついて、息を整える。この扉の向こう側は、展望広場がある緑化屋上。自分の胸には熱いコップ酒がある。

「明るくいかないと」

館長室を出たのは、今から十五分程前のこと。部屋を出てからも、緊張感は薄らがない。先輩も修太さんもそうであるらしく、何も言わずに黙々と、廊下を歩いていた。が、突如、先輩が足を止め、「そうだ」とつぶやく。そして、思わぬことを言い出した。

「飲まないか……メイン展示館の屋上で」

こんな季節の夜に、外で飲むなど、常識外れ以外のなにものでもない。だが、そんな気分の時もある。三人で話し合って、館内自販機でコップ酒を買うことにした。自分は買い出し役を買って出る。この三人では自分が行くしかない。と同時に、この張り詰めた雰囲気から、いったん抜け出したくて仕方なかった。むしろ、その方が本音だったかもしれない。

かくして、今、コップ酒を胸に、屋上への扉前にいる。自分は買い出しへと出て、気分が少しやわらいだ。だが、二人は、きっと、張り詰めた気分のままでいるだろう。少しでも気を楽にしてもらわねばならない。

「よし」

手を扉のノブへとやる。わざと勢いよく屋上へと出た。

「お待たせしました。熱燗《あつかん》です、熱燗。たっぷり温もって……あれ？」

屋上のベンチに座る人影は一つしかない。後ろ姿を見る限り、人影は先輩か。取りあえず、ベンチへと駆け寄った。

「あの、修太さんは？」

「さっきまでいたんだけど……帰った」

「帰った？」

「修太のやつ、家に電話を入れたんだ。で、今日の出来事を奥さんに報告した。そうしたら、『すぐに帰ってきて』って言われたらしくてな。家族会議をするらしい。『家庭持ちは辛いよねえ』なんて言いながら、帰っていったよ。だから、今は二人だけ。

修太のコップ酒は置いとけ。明日、出てきた時に渡せばいい」

「了解」

横へと腰を下ろして、胸のコップ酒を先輩へ。

先輩はコップ酒を手に取った。だが、すぐには、フタを開けようとしない。手に持ったまま、薄闇の海を見つめている。そして、突然、独り言のようにつぶやいた。

「見えないな。水平線が見えない」

「もう夜ですよ。当然かと。今夜は三日月ですし」

冷たい潮風が屋上を吹き抜けていく。

先輩はまだ薄闇の海を見つめていた。

「なあ、明日の夕方、もう一度、二人でここに座らないか」

「もう、プレゼンの打ち合わせ、開始するんですか」

「そっちじゃない」

先輩はゆっくりと息をついた。そして、目を薄闇の海からベンチへとやる。ベンチの縁に手を触れ「ラバーズ・ベンチ」と言った。

「このベンチは伝説のラバーズ・ベンチ。ここに座って正面に沈む夕日を見たカップルは結ばれるんだ。知ってるだろう」

「知ってます。知ってますけど……あの、それって、倉野課長がわざと作った伝説ですよね」

「それでもいい」

珍しい。先輩がこんなことを言うなんて。

「そんな顔するな。修太が『家庭持ちは辛いよねえ』って言った時、ちょっと思ったんだ。俺達だって、同じこと。いや、もっと深刻かもしれないなって」

「あの、深刻？」

「アクアパークが無くなれば、どうなる？　俺達は二人同時に職を失う。となれば、結婚に関することも、いろいろと考え直さなきゃな」

「それって、結婚とりやめってこと？」

「馬鹿言うな」

先輩は語気を強めた。

「結婚そのものは、俺達二人の問題だ。引き返す必要なんて無いし、その気も無い。ただ、今、考えてる段取りは見直さないと。もっと身の丈にあったものにしないと、まずいだろ。いきなり『新生活がままならない』なんて、避けたいから。それと」

「それと？」

「おまえの実家への挨拶のことがある。おまえの親父さんは水族館が大嫌い。そのことは分かってるんだ。娘の結婚相手が水族館に勤めている奴――なんて、認めたくないだろうな。だけど……娘の結婚相手が路頭に迷っている奴——なんて、もっと認めたくないだろう。そう思わないか」

うかつだった。本来なら、自分が先に気づくべき事柄ではないか。

「内海館長はダブル・プロジェクトのことを話してた。アクアパークの取り組み実績として。その時、思ったんだ。俺達二人のダブル・プロジェクトは、まだ終わってない。終わってないどころか、これから始まるんだって」

「あの、二人のダブル・プロジェクト？」

「職場存続プロジェクトと、結婚完遂プロジェクト。二つは関係していて、かつ、二つとも簡単なことじゃない。問題がいっぱい出てきて、時間も手間もかかりそうな気がする。難題解決マラソンになるかもな」

唾を飲み込んだ。そうかもしれない。

「今日は、そのダブル・プロジェクトがスタートした日ってわけだ。互いに併走し合って、最後まで走り抜かないとな」

そう言うと、先輩はようやくコップ酒のフタを取った。

「誓いの盃《さかずき》……じゃなくて、誓いのコップ酒といこう。俺達らしくていい」

慌てて、自分もフタを取った。コップとコップを合わせる。薄闇の中で、誓いの音。ワイングラスのような優美な音ではない。武骨な音と言っていい。だが、今の自分達には、その方が合っている。

「乾杯だな」

「乾杯ですね」

胸元へと戻して、のぞき込んだ。コップの中で、三日月が揺れている。

走り抜くんだ。先輩と一緒に。

熱いコップ酒を口元へとやる。由香は一気に体へと流し込んだ。

参考文献とあとがき

『水族館学』（東海大学出版会）
『さくらじまの海～赤ちゃんイルカがはじめて魚を食べるまで』（かごしま水族館）
『うみと水ぞく』及びメールマガジン（須磨海浜水族園）
その他、多くの水族館、水族園の広報物を参考にさせていただきました。
本書に登場する水族館は架空のものであり、実在はしません。しかしながら、地域一体で絶滅危惧種の保全に取り組む水族館は実在します。
須磨海浜水族園（https://kobe-sumasui.jp/）
長年『スマスイ』として親しまれてきた同園は、海浜公園再整備事業に伴い、今春より大幅に規模を縮小することとなりました。二〇二三年春頃を目処に完全閉園の予定となっています（多少の変更はありうると思います）。
長年にわたる様々なご示唆とご教示に、改めて厚く御礼申し上げます。新設予定の民営水族館が、『スマスイ精神』を引き継ぐものとなることを願ってやみません。

※　※

巻の末尾に、あとがきめいたことを付記いたします。

この『水族館ガール』シリーズでは、執筆前に数巻先の物語を大雑把に定め、取材や資料集めを行うことを繰り返してきました。つまり、今巻の概略は数年以上前に構想されたものとなります。

ところが、今般、思いもせぬことが起こりました。須磨海浜水族園の閉園決定です。物語の構想を現実が追いかけてくるような事態となり、戸惑いました。このような事態について「書き手として誇るべきこと」などと言う人もいますが、事はそう簡単ではありません。

物語構想と現実が重なれば、どうなるか。

取材ができなくなってしまうのです。どんな組織であれ、その改廃となれば、内容は実にセンシティブなもの。守秘義務を負うような事柄が大半です。仮に、極秘話を耳にしたとしましょう。「しめしめ、良いことを聞いた」とはなりません。同じ事を既に構想していたとしても、守秘義務上、また、信義則の観点から、書くに書けなくなってしまうのです。

私は一ファンとして同園の閉園決定を見守ることしかできませんでした。

長年にわたり、同園は日本の水族館を象徴する存在であったと言って過言ではありません。その閉園にあたり、多くのスタッフが人生の岐路に立たされました。「あざとく、その苦境を小説の題材にしたな」とお思いになる方もいらっしゃると思います。そこで、敢えて創作過程についてお打ち明けし、不快にお感じになるかもしれない関係者の方々にお詫び申し上げる次第です。

何卒ご理解下さい。

同園のスタッフの方々は様々な道へとお進みになりました。元スタッフの方が設立に関与された水族館をご紹介申し上げます。

四国水族館（https://shikoku-aquarium.jp/）

足を運びたいと思いつつも、残念ながら、未だ実現できておりません。ただ、言えることが一つ。おそらく、スマスイの精神は、こうして時を越え、場所を変えて、引き継がれていくのだと思います。

今巻、由香と梶は最大の問題に直面しました。水族館の将来像を求めての戦いです。これは物語であると同時に、現実の問題でもあります。彼らがどんな答えを見つけるのか。実のところ、現時点では、筆者である私にも分かりません。ただ、原稿用紙を前に、強くこう思うのです——由香と梶、この若い二人にゆだねるしかない。それが水族館ガールの結末なのだと。

木宮条太郎

本書は書き下ろしです。

実業之日本社文庫　最新刊

伊兼源太郎
ブラックリスト　警視庁監察ファイル
容疑者は全員警察官――逃亡中の詐欺犯たちが次々と変死。警察内部からの情報漏洩はあったのか。ブラックリストが示す組織の闇とは!?（解説・香山二三郎）
い13 2

岩城裕明
呪いのカルテ　たそがれ心霊クリニック
30歳で死ぬ呪いを解くため悪霊を食べる医者? 日本で唯一の心霊科を掲げる恵介には、幽霊を見られる相棒が…。この恐怖は、泣ける!（解説・織守きょうや）
い19 1

宇佐美まこと
少女たちは夜歩く
魔界の罠にはまったら逃げられない――森の中で不可解な悲劇に見舞われる人々。悪夢を見た彼らに救いの時は? 戦慄のホラーミステリー!（解説・東 雅夫）
う7 1

菊川あすか
君がくれた最後のピース
母を亡くして二年、家族のため気丈に頑張ってきた大学生の智子。報われない毎日が嫌になり旅に出るが…。時空を越え、愛されることの奇跡を描いた感涙物語!
き5 1

草凪 優
冬華と千夏
近未来日本で、世界最新鋭セックスAIアンドロイドがデビュー。人々は快楽に溺れる。仕掛け人は冬華。著者渾身のセクシャルサスペンス!（解説・末國善己）
く6 9

今野 敏
罪責　潜入捜査〈新装版〉
廃棄物回収業者の責任を追及する教師と、その家族にヤクザが襲いかかる。元刑事が拳ひとつで環境犯罪に立ち向かう熱きシリーズ第4弾!（解説・関口苑生）
こ2 17

沢里裕二
桃色選挙
野球場でウグイス嬢をしていた春奈は、突然の依頼で市議会議員に立候補。セクシーさでは自信のある彼女はノーパンで選挙運動へ。果たして当選できるのか!?
さ3 14

実業之日本社文庫　最新刊

中山七里
ふたたび嗤う淑女
金と欲望にまみれた〝標的〟の運命を残酷に弄ぶ、投資アドバイザー・野々宮恭子。この女の目的は……人気悪女ミステリー、戦慄の第二弾！（解説・松田洋子）
な５２

早見 俊
女忍び　明智光秀くノ一帖
卓越した性技をもち、明智光秀を支える「白蜜党」。武田信玄を守る名器軍団「望月党」。両者は最終決戦へ。新聞連載時より話題沸騰、時代官能の新傑作！
は７２

南 英男
罠の女　警視庁極秘指令
熱血検事が少女買春の疑いをかけられ停職中に金属バットで撲殺された。極秘捜査班の剣持直樹は、検事を罠にかけた女、自称〈リカ〉の行方を探るが——!?
み７20

木宮条太郎
水族館ガール８
いつまでも一緒にいたい——絶滅危惧種の保護問題に直面しつつ、進む由香と梶の結婚準備にさらなるハードル。そしてアクアパークにまたもや存続の危機が？
も４８

遊歩新夢
三日後に死ぬ君へ
過去を失った少女と、未来に失望した青年。ふたりの宿命的出会いが奇跡を起こす!?　切なすぎる日々の果てに待っていたものは…。怒濤のラストは号泣必至！
ゆ３１

吉田雄亮
北町奉行所前腰掛け茶屋　片時雨
名物甘味に名裁き？　貧乏人から薬代を強引に取り立てる医者町仲間と呼ばれる集まりが。彼らの本当の狙いとは？　元奉行所与力の老主人が騒動解決に挑む！
よ５８

実業之日本社文庫　好評既刊

木宮条太郎
水族館ガール
かわいい！だけじゃ働けない――新米イルカ飼育員の成長と淡い恋模様をコミカルに描くお仕事青春小説。水族館の舞台裏がわかる！（解説・大矢博子）
も41

木宮条太郎
水族館ガール2
水族館の裏側は大変だ！　イルカ飼育員・由香の恋と仕事に奮闘する姿を描く感動のお仕事ノベル。イルカはもちろんアシカ、ペンギンたち人気者も登場！

も42

木宮条太郎
水族館ガール3
赤ん坊ラッコが危機一髪――恋人・梶の長期出張で再びすれ違いの日々のイルカ飼育員・由香にトラブル続発!?　テレビドラマ化で大人気お仕事ノベル！
も43

木宮条太郎
水族館ガール4
水族館アクアパークの官民共同事業が白紙撤回の危機。ペンギンの世話をすることになった由香にも次々とトラブルが発生。奇跡は起こるか!?　感動お仕事小説。

も44

木宮条太郎
水族館ガール5
アカウミガメが水族館アクアパークのある浜に漂着した。同僚とともに救出作業を行った由香は、ウミガメの産卵が見られる四国の町へ…感動のお仕事ノベル！

も45

実業之日本社文庫　好評既刊

木宮条太郎
水族館ガール6
派手なジャンプばかりがイルカライブじゃない――アクアパークのイルカ・ルンのおなかに小さな命が。出産に向けて前代未聞のプロジェクトが始まった！
も46

木宮条太郎
水族館ガール7
出産後、母親が病気にかかったイルカ親子は別々のプールに。離れ離れの親子を対面させるため由香が思いついたアイディアは……超感動いきもの小説！
も47

阿川大樹
終電の神様
通勤電車の緊急停止で、それぞれの場所へ向かう乗客の人生が動き出す――読めばあたたかな涙と希望が湧いてくる、感動のヒューマンミステリー。
あ131

阿川大樹
終電の神様　始発のアフターファイブ
ベストセラー『終電の神様』待望の書き下ろし続編！終電が去り始発を待つ街に訪れる5つの奇跡を、温かな筆致で描くハートウォーミング・ストーリー。
あ132

阿川大樹
終電の神様　台風の夜に
ターミナルの駅員、当直明けの外科医、結婚式を予定しているカップル――台風で鉄道が止まる一夜、それぞれの運命が動き出す。感動のベストセラー新作！
あ133

実業之日本社文庫　好評既刊

青柳碧人
彩菊あやかし算法帖
算法大好き少女が一癖ある妖怪たちと対決！「浜村渚の計算ノート」シリーズ著者が贈る、数学の知識がなくても夢中になれる「時代×数学」ミステリー！
あ16 1

青柳碧人
彩菊あやかし算法帖　からくり寺の怪
キュートな彩菊が、妖怪が起こす事件を得意の算法で解決！『むかしむかしあるところに、死体がありました。』著者が贈る、新感覚時代×数学ミステリー！
あ16 2

伊坂幸太郎
砂漠
この一冊で世界が変わる、かもしれない。一瞬で過ぎる学生時代の瑞々しさと切なさを描いた一生モノの傑作長編！　小社文庫限定の書き下ろしあとがき収録。
い12 1

池井戸　潤
空飛ぶタイヤ
正義は我にありだ――名門巨大企業に立ち向かう弱小会社社長の熱き闘い。『下町ロケット』の原点といえる感動巨編！（解説・村上貴史）
い11 1

池井戸　潤
不祥事
痛快すぎる女子銀行員・花咲舞が様々なトラブルを解決に導き、腐った銀行を叩き直す！　テレビドラマ「花咲舞が黙ってない」原作。（解説・加藤正俊）
い11 2

実業之日本社文庫　好評既刊

池井戸 潤
仇敵
不祥事を追及して職を追われた元エリート銀行員・恋窪商太郎。彼の前に退職のきっかけとなった仇敵が現れた時、人生のリベンジが始まる！（解説・霜月 蒼）
い11 3

井上ひさし
野球盲導犬チビの告白
打率四割七分四厘を残した盲目の天才打者登場！ 謎に満ちた彼の生い立ち、驚愕の打法の秘密を、一匹の盲導犬が語る、奇想あふれる物語。（解説・菊池雄星）
い15 1

伊吹有喜
彼方の友へ
「友よ最上のものを」戦中の東京、雑誌づくりに情熱を抱いて歩む人々を、生き生きとした筆致で描く感動傑作。第158回直木賞候補作。（解説・瀧井朝世）
い16 1

大山誠一郎
アリバイ崩し承ります
美谷時計店には「アリバイ崩し承ります」という貼り紙がある。店主の美谷時乃は、7つの事件や謎を解決できるのか!?（解説・乾くるみ）
お8 1

佐藤青南
白バイガール
泣き虫でも負けない！ 新米女性白バイ隊員が暴走事故の謎を追う、笑いと涙の警察青春ミステリー！ 迫力満点の追走劇とライバルとの友情の行方は――？
さ4 1

実業之日本社文庫　好評既刊

佐藤青南
白バイガール　幽霊ライダーを追え！
神出鬼没のライダーと、みなとみらいで起きた殺人事件。謎多きふたつの事件の接点は白バイ隊員――？　読めば胸が熱くなる、大好評青春お仕事ミステリー！
さ42

佐藤青南
白バイガール　駅伝クライシス
白バイガールが先導する箱根駅伝の裏で、選手の妹が誘拐された!?　白熱の追走劇と胸熱の人間ドラマで一気読み間違いなしの大好評青春お仕事ミステリー。
さ43

佐藤青南
白バイガール　最高速アタックの罠
SNSで拡散された過激な速度違反動画を捜査するなか、謎のひき逃げ事件が発生。生意気な新人白バイ隊員・鈴木は容疑者家族に妙に肩入れするが――。
さ44

佐藤青南
白バイガール　爆走！五輪大作戦
東京オリンピック開幕中に事件発生！　謎の暴走事故の捜査のカギはスタジアムに!?　スピード感100パーセントのぶっ飛び青春ミステリー！
さ45

田中啓文
文豪宮本武蔵
剣豪・宮本武蔵が、なぜか時を越え明治時代の東京に。人力車の車夫になった武蔵だが、樋口一葉、夏目漱石らと知り合い、小説を書く羽目に…爆笑時代エンタメ。
た65

実業之日本社文庫　好評既刊

仮面病棟
知念実希人

拳銃で撃たれた女を連れて、ピエロ男が病院に籠城。怒濤のドンデン返しの連続。一気読み必至の医療サスペンス、文庫書き下ろし！（解説・法月綸太郎）

ち11

時限病棟
知念実希人

目覚めると、ベッドで点滴を受けていた。なぜこんな場所にいるのか？　ピエロからのミッション、ふたつの死の謎…。『仮面病棟』を凌ぐ衝撃、書き下ろし！

ち12

リアルフェイス
知念実希人

天才美容外科医・柊貴之。金さえ積めばどんな要望にも応える彼の元に、奇妙な依頼が舞い込む。さらに整形美女連続殺人事件の謎が…。予測不能サスペンス。

ち13

レゾンデートル
知念実希人

末期癌を宣告された医師・岬雄貴は、不良から暴行を受け、復讐を果たすが、現場には一枚のトランプが……。最注目作家、幻のデビュー作。骨太サスペンス‼

ち14

誘拐遊戯
知念実希人

女子高生が誘拐された。犯人を名乗るのは「ゲームマスター」。交渉役の元刑事が東京中を駆け回るが…。衝撃の結末が待つ犯罪ミステリー×サスペンス！

ち15

実業之日本社文庫　好評既刊

崩れる脳を抱きしめて
知念実希人

研修医のもとに、彼女の死の知らせが届く……。愛した彼女は本当に死んだのか？　驚愕し、感動する、恋愛ミステリー。著者初の本屋大賞ノミネート作品！

ち16

よろこびの歌
宮下奈都

受験に失敗し挫折感を抱えた主人公が、合唱コンクールをきっかけに同級生たちと心を通わせ、成長する姿を美しく紡ぎ出した傑作。（解説・大島真寿美）

み21

終わらない歌
宮下奈都

声楽、ミュージカル。夢の遠さに惑う二十歳のふたりは、突然訪れたチャンスにどんな歌声を響かせるのか。青春群像劇『よろこびの歌』続編！（解説・成井豊）

み22

はじめからその話をすればよかった
宮下奈都

身辺雑記、自著解説、瑞々しい掌編小説。著者の魅力を満載した初のエッセイ集。文庫化に際し掌編小説二編とエッセイ一編を新規収録。ファン必携、極上の一冊！

み23

緑の庭で寝ころんで　完全版
宮下奈都

愛する家族とのかけがえのない日々を、母として、作家として見つめ、あたたかい筆致で紡ぎ出す。単行本未収録のエッセイ二年分を追加収録した贅沢な一冊！

み24

実業之日本社文庫　好評既刊

水生大海
ランチ探偵
昼休み＋時間有給、タイムリミットは2時間。オフィス街の事件に大仏ホームのＯＬコンビが挑む。安楽椅子探偵のニューヒロイン誕生！（解説・大矢博子）
み９１

水生大海
ランチ探偵　容疑者のレシピ
社宅の闖入者、密室の盗難、飼い犬の命を狙うのは？　ＯＬコンビに持ち込まれる「怪」事件、ランチタイムに解決できる!?　シリーズ第2弾。（解説・末國善己）
み９２

山本幸久
ある日、アヒルバス
若きバスガイドの奮闘を東京の車窓風景とともに描く、お仕事＆青春小説の傑作。特別書き下ろし「東京スカイツリー篇」も収録。（解説・小路幸也）
や２１

山本幸久
芸者でＧＯ！
あたしら、絶滅危惧種？――置屋「夢民」に在籍する個性豊かな芸者たちは人生の逆境を乗り越え、最高の芸を見せられるのか。そして、恋の行方は…!?
や２２

山本幸久
あっぱれアヒルバス
外国人向けオタクツアーのガイドを担当したデコ。しかし最悪の通訳ガイド・本多のおかげでトラブルが続発で大騒動に…!?　笑いと感動を運ぶお仕事小説。
や２３

実業之日本社文庫 も48

水《すい》族《ぞく》館《かん》ガール8

2021年7月25日　初版第1刷発行

著　者　木宮《もくみや》条太郎《じょうたろう》

発行者　岩野裕一
発行所　株式会社実業之日本社
〒107-0062　東京都港区南青山5-4-30
CoSTUME NATIONAL Aoyama Complex 2F
電話［編集］03(6809)0473［販売］03(6809)0495
ホームページ　https://www.j-n.co.jp/
DTP　ラッシュ
印刷所　大日本印刷株式会社
製本所　大日本印刷株式会社

フォーマットデザイン　鈴木正道（Suzuki Design）

*本書の一部あるいは全部を無断で複写・複製（コピー、スキャン、デジタル化等）・転載することは、法律で認められた場合を除き、禁じられています。

また、購入者以外の第三者による本書のいかなる電子複製も一切認められておりません。

*落丁・乱丁（ページ順序の間違いや抜け落ち）の場合は、ご面倒でも購入された書店名を明記して、小社販売部あてにお送りください。送料小社負担でお取り替えいたします。

ただし、古書店等で購入したものについてはお取り替えできません。

*定価はカバーに表示してあります。

*小社のプライバシーポリシー（個人情報の取り扱い）は上記ホームページをご覧ください。

©Jotaro Mokumiya 2021　Printed in Japan
ISBN978-4-408-55674-1（第二文芸）